Im Licht des Weihnachtstages

Im Licht des Weihnachtstages

Eine Sammlung von Weihnachtsgeschichten
mit Holzschnitten herausgegeben von
Richard Gäng

FERDINAND SCHÖNINGH · PADERBORN

Der Abdruck der Erzählungen

erfolgt mit freundlicher Genehmigung der Autoren bzw. der Verlage

ISBN 3-506-29307-4

INHALT

WORÜBER DAS CHRISTKIND LÄCHELN MUSSTE

Von Karl Heinrich Waggerl

Als Josef mit Maria von Nazareth her unterwegs war, um in Bethlehem anzugeben, daß er von David abstamme, was die Obrigkeit so gut wie unsereins hätte wissen können, weil es ja längst geschrieben stand, — um jene Zeit also kam der Engel Gabriel heimlich noch einmal vom Himmel herab, um im Stalle nach dem Rechten zu sehen. Es war ja sogar für einen Erzengel in seiner Erleuchtung schwer zu begreifen, warum es nun der allererbärmlichste Stall sein mußte, in dem der Herr zur Welt kommen sollte, und seine Wiege nichts weiter als eine Futterkrippe. Aber Gabriel wollte wenigstens noch den Winden gebieten, daß sie nicht gar zu grob durch die Ritzen pfiffen, und die Wolken am Himmel sollten nicht gleich wieder in Rührung zerfließen und das Kind mit ihren Tränen überschütten, und was das Licht in der Laterne betraf, so mußte man ihm noch einmal einschärfen, nur bescheiden zu leuchten und nicht etwa zu blenden und zu glänzen wie der Weihnachtsstern.

Der Erzengel stöberte auch alles kleine Getier aus dem Stall, die Ameisen und Spinnen und die Mäuse, es war nicht auszudenken, was geschehen konnte, wenn sich die Mutter Maria vielleicht vorzeitig über eine Maus entsetzte! Nur Esel und Ochs durften bleiben, der Esel, weil man ihn später ohnehin für die Flucht nach Ägypten zur Hand haben mußte, und der Ochs, weil er so riesengroß und so faul war, daß ihn alle Heerscharen des Himmels nicht hätten von der Stelle bringen können.

Zuletzt verteilte Gabriel noch eine Schar Engelchen im Stall herum auf den Dachsparren, es waren solche von der kleinen Art, die fast nur aus Kopf und Flügeln bestehen. Sie sollten ja auch bloß still sitzen und achthaben und sogleich Bescheid geben, wenn dem Kinde in seiner nackten Armut etwas Böses drohte. Noch ein Blick in die Runde, dann hob der Mächtige seine Schwingen und rauschte davon.

Gut so. Aber nicht ganz gut, denn es saß noch ein Floh auf dem Boden der Krippe in der Streu und schlief. Dieses winzige Scheusal war dem Engel Gabriel entgangen, versteht sich, wann hatte auch ein Erzengel je mit Flöhen zu tun!

Als nun das Wunder geschehen war, und das Kind lag leibhaftig auf dem Stroh, so voller Liebreiz und so rührend arm, da hielten es die Engel unterm Dach nicht mehr aus vor Entzücken, sie umschwirrten die Krippe wie ein Flug Tauben. Etliche fächelten dem Knaben balsamische Düfte zu und die anderen zupften und zogen das Stroh zurecht, damit ihn ja kein Hälmchen drücken oder zwicken möchte.

Bei diesem Geraschel erwachte aber der Floh in der Streu. Es wurde ihm gleich himmelangst, weil er dachte, es sei jemand hinter ihm her, wie gewöhnlich. Er fuhr in der Krippe herum und versuchte alle seine Künste und schließlich, in der äußersten Not, schlüpfte er dem göttlichen Kinde ins Ohr.

„Vergib mir!“ flüsterte der atemlose Floh, „aber ich kann nicht anders, sie bringen mich um, wenn sie mich erwischen. Ich verschwinde gleich wieder, göttliche Gnaden, laß mich nur sehen, wie!“

Er äugte also umher und hatte auch gleich seinen Plan. „Höre zu“, sagte er, „wenn ich alle Kraft zusammennehme, und wenn du still hältst, dann könnte ich vielleicht die Glatze des Heiligen Josef erreichen, und von dort weg kriege ich das Fensterkreuz und die Tür ...“

„Spring nur!“ sagte das Jesuskind unhörbar, „ich halte stille!“

Und da sprang der Floh. Aber es ließ sich nicht vermeiden, daß er das Kind ein wenig kitzelte, als er sich zurechtrückte und die Beine unter den Bauch zog.

In diesem Augenblick rüttelte die Mutter Gottes ihren Gemahl aus dem Schlaf.

„Ach, sieh doch!“ sagte Maria selig, „es lächelt schon!“

Aus „Und es begab sich“ Otto Müller Verlag, Salzburg

DER TANNENBAUM

Von Hans Christian Andersen

Draußen im Walde stand ein niedlicher Tannenbaum; er hatte einen guten Platz, die Sonne konnte zu ihm dringen, Luft war genug da, und rundumher wuchsen viele größere Kameraden, Tannen und Fichten. Aber der kleine Tannenbaum wollte nur immer wachsen und wachsen; er dachte nicht an den warmen Sonnenschein und die frische Luft, bekümmerte sich nicht um die Bauernkinder, die dort gingen und plauderten, wenn sie draußen im Walde umherschwärmten, um Erdbeeren und Himbeeren zu sammeln. Oftmals kamen sie mit einem ganzen Topfe voll oder hatten Erdbeeren auf Strohhalme gezogen. Dann setzten sie sich neben das Bäumchen und sagten: „Nein, wie niedlich klein ist der!“ Das gefiel dem Baume durchaus nicht.

Im nächsten Jahre war er schon um einen langen Schuß größer, und das Jahr darauf war er wieder noch um einen länger; denn bei einem Tannenbaume kann man, sobald man zählt, wie oft er einen neuen Trieb angesetzt hat, genau die Jahre seines Wachstums berechnen.

„Oh, wäre ich doch ein so großer Baum wie die anderen!“ seufzte das Bäumchen. „Dann könnte ich meine Zweige weit ausbreiten und mit dem Gipfel in die weite Welt hinausschauen! Dann würden die Vögel ihre Nester zwischen meinen Zweigen bauen, und wenn es stürmte, könnte ich so vornehm nicken wie dort die anderen.“ Weder der Sonnenschein noch die Vögel oder die roten Wolken, die morgens und abends über ihn hinsegelten, machten ihm Freude.

War es nun Winter und Schnee lag ringsherum blendend weiß, dann kam oft ein Hase angesprungen und setzte gerade über das Bäumchen fort. Oh, das war empörend! Aber zwei Winter verstrichen, und im dritten war der Baum schon so hoch, daß der Hase um ihn herumlaufen mußte. Oh, wachsen, wachsen, groß und alt werden, das ist doch das einzig Schöne in der Welt! dachte der Baum.

Im Spätherbst erschienen regelmäßig Holzhauer und fällten einige der größten Bäume. Das geschah jedes Jahr, und den jungen Tannenbaum, der nun schon tüchtig in die Höhe geschossen war, befiel Zittern und Beben dabei, denn mit Gepolter und Krachen stürzten sie zur Erde, die Zweige wurden ihnen abgehauen, sie sahen nun ganz nackt, lang und schmal aus, sie waren kaum noch wiederzuerkennen. Dann aber wurden sie auf Wagen gelegt, und Pferde zogen sie von dannen zum Walde hinaus.

Wohin sollten sie? Was stand ihnen bevor?

Als im Frühjahr die Schwalbe und der Storch kamen, fragte sie der Baum: „Wißt ihr nicht, wohin sie geführt wurden? Seid ihr ihnen nicht begegnet?"

Die Schwalbe wußte nichts, doch der Storch sah sehr nachdenklich aus, nickte mit dem Kopfe und sagte: „Ja, ich glaube fast; mir begegneten auf meiner Rückreise von Ägypten viele neue Schiffe. Auf diesen standen prächtige Mastbäume; ich darf wohl behaupten, daß sie es waren; sie verbreiteten Tannengeruch. Ich kann vielmals grüßen, sie überragen alles, sie überragen alles!"

„Oh, wäre ich doch auch groß genug, um über das Meer hinzufliegen. Wie ist es eigentlich, dieses Meer, und wem ähnelt es?"

„Ja, das ist etwas weitläufig zu erklären!" sagte der Storch und ging.

„Freue dich deiner Jugend!" sagten die Sonnenstrahlen. „Freue dich deines Wachstums, des jungen Lebens, das dich erfüllt!"

Und der Wind küßte den Baum, und der Tau weinte Tränen über ihn, allein der Tannenbaum verstand es nicht.

In der Weihnachtszeit wurden ganz junge Bäume gefällt, Bäume, die nicht einmal so groß waren, noch in demselben Alter standen wie dieses Tannenbäumchen, das weder Ruh noch Rast hatte, sondern nur immer weiter wollte. Diese jungen Bäumchen, und es waren gerade die allerschönsten, behielten immer ihre Zweige, sie wurden auf Wagen gelegt, und Pferde zogen sie aus dem Walde.

„Wohin sollen sie?“ fragte der Tannenbaum. „Sie sind nicht größer als ich, ja, da war sogar einer, der noch weit kleiner war. Weshalb behielten sie alle ihre Zweige? Wo fahren sie hin?“

„Das wissen wir, das wissen wir!“ zwitscherten die Sperlinge.

„Unten in der Stadt haben wir zu den Fenstern hineingeschaut. Wir wissen, wohin sie fahren! Oh, sie gelangen zur größten Pracht und Herrlichkeit, die sich denken läßt! Wir haben zu den Fenstern hineingeschaut und gesehen, daß sie mitten in die warme Stube hineingepflanzt und mit den herrlichsten Sachen, mit vergoldeten Äpfeln, Honigkuchen, Spielzeug und vielen hundert Lichtern ausgeschmückt wurden!“

„Und dann?“ fragte der Tannenbaum und bebte in allen Zweigen. „Und dann? Was geschieht dann?“

„Ja, mehr haben wir nicht gesehen, es war unvergleichlich!“

„Ob auch mir dieses Los zufallen wird, diesen strahlenden Weg zu gehen?“ jubelte das Bäumchen. „Das ist noch besser, als über das Meer zu gehen. Wie mich die Sehnsucht verzehrt! Wäre es doch Weihnachten! Jetzt bin ich hoch und erwachsen wie die anderen, welche das letztemal fortgeführt wurden. Oh, wäre ich erst auf dem Wagen! Wäre ich erst in der warmen Stube mit all ihrer Pracht und Herrlichkeit! Und dann? Ja, dann kommt noch etwas Besseres, noch Schöneres, weshalb würde man mich sonst so ausschmücken!

Da muß noch etwas Größeres, noch etwas Herrlicheres kommen ...! Aber was? Oh, ich leide, mich verzehrt die Sehnsucht; ich weiß selber nicht, wie mir zumute ist!"

„Freue dich meiner!" sagten die Luft und der Sonnenschein; „freue dich deiner frischen Jugend draußen im Freien!".

Aber das Bäumchen freute sich gar nicht; es wuchs und wuchs, Winter und Sommer stand es grün; dunkelgrün stand es da! Die Leute, die es sahen, sagten: „Das ist ein hübscher Baum!" und zur Weihnachtszeit wurde er zuerst von allen gefällt! Die Axt hieb tief durch das Mark; der Baum fiel mit einem Seufzer zu Boden. Er fühlte einen Schmerz, eine Ohnmacht, er vermochte an gar kein Glück zu denken. Er war betrübt, von der Heimat zu scheiden, von dem Flecke, auf dem er emporgeschossen war. Er wußte ja, daß er nie mehr die lieben, alten Kameraden, die kleinen Büsche und Blumen ringsumher, ja vielleicht nicht einmal die Vögel sehen würde. Die Abreise war durchaus mit keiner Behaglichkeit verbunden.

Der Baum kam erst wieder zu sich, als er im Hofe, mit den anderen Bäumen abgeladen, einen Mann sagen hörte: „Der ist prächtig! Wir brauchen keinen anderen!"

Nun kamen zwei Diener im vollen Staate und trugen den Tannenbaum in einen großen, prächtigen Saal. Ringsumher an den Wänden hingen Porträts, und neben dem großen Ofen standen chinesische Vasen mit Löwen auf den Deckeln. Da gab es Schaukelstühle, Sofas mit seidenen Überzügen, große Tische, bedeckt mit Bilderbüchern und Spielzeug für hundertmal hundert Taler — wenigstens behaupteten das die Kinder. Der Tannenbaum wurde in ein großes, mit Sand gefülltes Gefäß gestellt, doch konnte niemand bemerken, daß es ein Gefäß war, denn es wurde ringsherum mit grünem Zeug behängt und stand auf einem großen bunten Teppiche. Oh, wie der Baum bebte! Was sollte doch nun geschehen? Sowohl die Diener als auch die Fräulein kamen und putzten ihn aus. Über die Zweige hängten sie kleine, aus buntem Papier ausgeschnittene Netze; jedes Netz war mit Zuckerwerk gefüllt. Vergoldete Äpfel und Walnüsse hingen wie festgewachsen herab, und über hundert rote, blaue und weiße Lichterchen wurden an den Zweigen befestigt. Puppen, die wie leibhaftige Menschen aussahen — der Baum hatte solche nie zuvor gesehen — schwebten im Grünen, und ganz oben auf der Spitze strahlte ein Stern von Flittergold. Es war prächtig, ganz unvergleichlich prächtig!

„Heute abend", sagten alle, „heute abend wird er strahlen!"

Oh! dachte der Baum, wäre es doch erst Abend! Würden doch nur die Lichter bald angezündet! Und was mag dann geschehen? Ob wohl die Bäume aus dem Wald kommen und mich anschauen? Ob die Sperlinge gegen die Fensterscheiben fliegen? Ob ich hier festwachsen und Winter und Sommer geschmückt dastehen werde?

Er wußte wirklich gut Bescheid! Aber er hatte aus lauter Sehnsucht förmlich Borkenweh, und Borkenweh ist für einen Baum ebenso schlimm wie Kopfweh für uns andere.

Nun wurden die Lichter angezündet. Welcher Glanz! Welche Pracht! Der Baum bebte in allen Zweigen dabei, so daß einige Nadeln an einem der Lichter Feuer fingen. Es sengte ordentlich.

„Gott bewahre uns!" schrien die Fräulein und löschten es schnell aus.

Nun durfte der Baum nicht einmal beben. Oh, das war ein Graus! Er war so besorgt, etwas von all seinem Staate zu verlieren; er war von all dem Glanze wie betäubt. — Und nun öffneten sich beide Flügeltüren, und eine Menge Kinder stürzten herein, als ob sie den ganzen Baum umrennen wollten. Die älteren Leute kamen bedächtig hinterher; die Kleinen standen ganz stumm, aber nur einen kurzen Augenblick, dann jubelten sie wieder so, daß es widerhallte.

Sie tanzten um den Baum, und ein Geschenk nach dem anderen wurde abgepflückt.

Was haben sie nur vor? dachte der Baum. Was soll da geschehen? Die Lichter brannten bis auf die Zweige herunter, und darauf löschte man sie aus, und die Kinder erhielten Erlaubnis, den Baum zu plündern. Oh, die stürzten auf ihn los, daß es in allen Zweigen krachte. Wäre er nicht mit der Spitze und dem goldenen Stern an der Decke befestigt gewesen, so hätten sie ihn sicher umgeworfen.

Die Kinder tanzten nun mit ihrem prächtigen Spielzeug umher. Niemand beachtete den Baum, mit Ausnahme der alten Kinderfrau, die aufmerksam zwischen die Zweige blickte; aber sie wollte nur nachsehen, ob nicht eine Feige oder ein Apfel vergessen war.

„Eine Geschichte, eine Geschichte!" riefen die Kinder und zerrten einen kleinen, dicken Mann nach dem Baume hin. Er setzte sich gerade unter diesen hin, „denn so", meinte er, „sind wir im Grünen, und der Baum kann sich besonders eine Lehre daraus ziehen, wenn er gut aufmerkt. Aber ich erzähle nur eine Geschichte. Wollt ihr die von Ivede-Avede hören oder die von Klumpe-Dumpe, der die Treppe hinabfiel und sich doch auf den Thron schwang und die Prinzessin erhielt?"

„Ivede-Avede!" schrien einige, „Klumpe-Dumpe!" schrien andere. Was war das für ein Rufen und Durcheinanderschreien! Nur der Tannenbaum schwieg still und dachte: Soll ich nicht mitraten, will ich auch nicht mittaten! Seine Rolle war vorüber, er hatte ja seine Schuldigkeit getan!

Der Mann erzählte von Klumpe-Dumpe, der die Treppe hinabfiel und sich doch auf den Thron schwang und die Prinzessin erhielt. Und die Kinder klatschten in die Hände und riefen: „Erzähle, erzähle!" Sie wollten auch noch die Geschichte von Ivede-Avede hören, mußten sich aber mit Klumpe-Dumpe begnügen. Der Tannenbaum stand ganz still und gedankenvoll, nie hatten die Vögel draußen im

Walde dergleichen erzählt. Klumpe-Dumpe fiel die Treppe hinab und bekam doch die Prinzessin! Ja, ja, so geht es in der Welt zu! dachte der Tannenbaum und hielt es für Wahrheit, weil der Erzähler ein so netter Mann war. Ja, ja, wer kann wissen, vielleicht falle ich auch die Treppe hinab und bekomme eine Prinzessin! Und er freute sich darauf, den nächsten Tag wieder mit Lichtern und Spielzeug, mit Gold und Früchten bekleidet zu werden.

Morgen werde ich nicht zittern! dachte er. Ich werde eine recht herzliche Freude über alle meine Herrlichkeit empfinden. Morgen werde ich wieder die Geschichte von Klumpe-Dumpe hören und vielleicht auch die von Ivede-Avede. Und der Baum stand die ganze Nacht still und gedankenvoll da..

Am folgenden Morgen traten die Diener und Mägde herein.

Nun beginnt der Staat von neuem! dachte der Baum, aber sie schleppten ihn zum Zimmer hinaus, die Treppe hinauf bis auf den Boden, und dort stellten sie ihn in einen dunklen Winkel, wohin kein Tageslicht fiel. Was hat denn das zu bedeuten? dachte der Baum. Was habe ich denn hier zu tun? Was mag ich denn hier hören sollen? Er lehnte sich gegen die Mauer und stand da und sann und sann. Und Zeit hatte er genug dazu, denn es verstrichen Tage und Nächte. Niemand kam herauf, und als endlich jemand kam, geschah es nur zu dem Zwecke, einige große Kasten in den Winkel zu stellen. Der Baum stand so versteckt, daß man hätte meinen können, er wäre rein in Vergessenheit geraten.

Nun ist draußen Winter, dachte der Baum. Die Erde ist hart und mit Schnee bedeckt, die Menschen können mich nicht pflanzen; deshalb soll ich wahrscheinlich bis zum Frühling hier im Schutze stehen! Wie fürsorglich das doch ist! Wie gut die Menschen doch sind! Wäre es hier nur nicht so dunkel und so erschrecklich einsam! Nicht einmal ein Häschen ist hier zu finden! Draußen im Walde war es doch lustig, wenn der Schnee lag und der Hase vorübersprang, ja selbst, wenn er über mich hinwegsetzte; aber damals gefiel es mir freilich nicht. Hier oben ist es doch entsetzlich einsam.

„Piep, piep!“ sagte plötzlich eine kleine Maus und schlüpfte hervor, und darauf kam noch eine kleine. Sie schnüffelten an dem Tannenbaume und schmiegten sich durch seine Zweige.

„Es herrscht eine furchtbare Kälte!“ sagten die Mäuschen. „Sonst ist hier ein vortrefflicher Aufenthalt! Nicht wahr, du alter Tannenbaum?“

„Ich bin noch gar nicht alt!“ versetzte der Tannenbaum. „Es gibt viel ältere als ich bin!“

„Wo kommst du her?“ fragten die Mäuse. „Und was weißt du?“ Sie waren gewaltig neugierig. „Erzähle uns doch von dem herrlichsten Plätzchen auf Erden! Bist du schon dort gewesen? Bist du schon in der Speisekammer gewesen, wo Käse auf den Brettern liegen und Schinken unter der Decke hängen, wo man auf Talglichtern tanzt, mager hineingeht und fett herauskommt?“

„Die kenne ich allerdings nicht“, sagte der Baum, „aber den Wald kenne ich, wo die Sonne scheint und die Vögel singen!“ Darauf erzählte er ihnen alle Erlebnisse seiner Jugend, und die Mäuschen hatten dergleichen nie zuvor gehört, lauschten aufmerksam zu und sagten: „Wieviel du doch gesehen hast! Wie glücklich du gewesen bist!“

„Ich!“ versetzte der Tannenbaum und dachte nun erst über seine eigene Erzählung nach. „Ja, im Grunde waren es recht lustige Zeiten!“ Aber dann erzählte er vom Weihnachtsabend, als er mit Kuchen und Lichtern aufgeputzt war.

„Oh!“ sagten die Mäuschen. „Wie glücklich du gewesen bist, du alter Tannenbaum!“

„Ich bin durchaus nicht alt!“ erwiderte der Tannenbaum. „Erst in diesem Winter bin ich ja aus dem Walde gekommen! Ich stehe in meinem allerbesten Alter, ich bin nur sehr gewachsen!“

„Wie schön du erzählst!“ sagten die Mäuschen, und in der nächsten Nacht kamen sie mit vier anderen kleinen Mäusen wieder, die auch den Baum erzählen hören sollten, und je mehr er erzählte, desto lebhafter trat es ihm selbst vor die Augen, und er dachte: Es waren doch wirklich glückliche Zeiten! Aber sie können wiederkommen, sie können wiederkommen! Klumpe-Dumpe fiel die Treppe hinab und bekam doch die Prinzessin, vielleicht kann ich auch eine Prinzessin bekommen! Und dabei fiel dem Tannenbäumchen eine kleine Birke ein, die draußen im Walde wuchs und ihm wie eine leibhaftige schöne Prinzessin erschien.

„Wer ist Klumpe-Dumpe?“ fragten die Mäuschen. Nun erzählte der Tannenbaum das ganze Märchen, dessen er sich Wort für Wort entsinnen konnte. Und die Mäuschen wären aus lauter Freude fast in die Spitze des Baumes gesprungen. In der folgenden Nacht versammelten sich noch weit mehr Mäuse, und am Sonntage kamen sogar zwei Ratten. Die behaupteten aber, die Geschichte sei nicht lustig, und das betrübte die Mäuschen, denn sie kam ihnen nun auch weniger schön vor.

„Können Sie nur die eine Geschichte erzählen?“ fragten die Ratten.

„Nur die eine!“ antwortete der Baum. „Ich hörte sie an meinem glücklichsten Abend, aber damals dachte ich nicht daran, wie glücklich ich war!“

„Das ist eine höchst elende Geschichte! Wissen Sie keine von Speck und Talglichtern? Keine Speisekammergeschichten?“

„Nein!“ sagte der Baum.

„Nun, dann danken wir dafür!“ erwiderten die Ratten und kehrte zu den Ihren zurück.

Zuletzt blieben die Mäuschen auch fort, und da seufzte der Baum: „Es war doch ganz hübsch, als sie um mich saßen, die muntern Mäuschen, und auf meine Erzählungen lauschten. Nun ist das gleichfalls vorbei. Aber meine Freude soll von neuem beginnen, wenn ich wieder hervorgeholt werde!“

Aber wann ereignete sich das? — Ja, es war eines Morgens, da kamen Leute herauf und kramten auf dem Boden umher. Die Kasten erhielten einen anderen Platz, und der Baum wurde hervorgezogen. Sie warfen ihn allerdings etwas unsanft auf den Fußboden, aber sofort schleppte ihn ein Hausknecht nach der Treppe hin, wo das Tageslicht schimmerte.

Nun beginnt das Leben wieder! dachte der Baum. Er fühlte die frische Luft, den ersten Sonnenstrahl — und nun war er draußen auf dem Hofe. Alles ging so schnell, daß der Baum völlig vergaß, sich selbst zu betrachten; zuviel Neues war ringsumher anzustaunen. Der Hof stieß an einen Garten, und alles stand darin in voller Blüte. Die Rosen hingen frisch und duftend über den kleinen Staketenzaun hinüber, die Lindenbäume blühten, und die Schwalben flogen umher und zwitscherten: „Quirre virrevit, mein Mann ist gekommen!“ Aber den Tannenbaum meinten sie damit nicht.

„Nun will ich leben!“ jubelte dieser und breitete seine Zweige weit aus. Ach, sie waren alle vertrocknet und gelb, und zwischen Unkraut und Nesseln lag er in einem Winkel da. Der Goldpapierstern saß noch oben auf der Spitze und leuchtete im hellsten Sonnenscheine.

Auf dem Hofe selbst spielten ein paar von den lustigen Kindern, die am Weihnachtsabend um den Baum getanzt hatten und dabei so fröhlich gewesen waren. Eines der kleinsten lief hin und riß den Goldstern ab.

„Sieh, was da noch an dem alten häßlichen Tannenbaume sitzt!“ rief es und trat auf die Zweige, daß sie unter seinen Stiefeln knackten.

Und der Baum betrachtete all die Blumenpracht und Frische im Garten, betrachtete dann sich selbst und wünschte, daß er in seinem finstern Winkel auf dem Boden geblieben wäre. Er gedachte seiner frischen Jugend im Walde, des lustigen Weihnachtsabends und der kleinen Mäuse, die so fröhlich der Geschichte von Klumpe-Dumpe zugelauscht hatten.

„Vorbei, vorbei!" seufzte der arme Baum. „Hätte ich mich doch gefreut, als ich es noch konnte! Vorbei, vorbei!"

Der Hausknecht kam und hieb den Baum in kleine Stücke, ein ganzes Bund lag da; hell loderte es auf unter dem großen Braukessel. Er seufzte tief, jeder Seufzer ertönte wie ein kleiner Schuß. Deshalb liefen die Kinder, die draußen spielten, herbei, setzten sich vor das Feuer, schauten hinein und riefen: „Piff, paff!" Aber bei jedem Knalle, der ein tiefer Seufzer war, gedachte der Baum eines Sommertages im Walde, einer Winternacht draußen, wenn die Sterne glänzten. Er gedachte des Weihnachtsabends und des Klumpe-Dumpe, des einzigen Märchens, das er gehört hatte und zu erzählen wußte — und dann war der Baum verbrannt.

Die Knaben spielten im Hofe, und der kleinste hatte auf der Brust den Goldstern, den der Baum an seinem glücklichsten Abende getragen hatte. Nun war dieser vorüber und mit diesem auch der Baum nebst seiner Geschichte. Vorbei, vorbei — und so geht es mit allen Geschichten.

IN DER CHRISTNACHT

Von Peter Rosegger

In unserer Stube, an der mit grauem Lehm übertünchten Ofenmauer, stand jahraus, jahrein ein Schemel aus Eichenholz. Er war immer glatt und rein gescheuert, denn er wurde, wie die anderen Stubengeräte, jeden Samstag mit feinem Bachsande und einem Strohwisch abgerieben. In der Zeit des Frühlings, des Sommers und des Herbstes stand dieser Schemel leer und einsam in seinem Winkel, nur an jedem Tag zur Abendzeit zog ihn die Ahne etwas weiter hervor, kniete auf denselben hin und verrichtete ihr Abendgebet. Auch an den Samstagen, wenn der Vater an dem Tisch die Feierabendandacht vorbetete, kniete die Ahne auf dem Schemel.

Als aber der Spätherbst kam mit den langen Abenden, an welchen die Knechte in der Stube aus Kienscheiten Leuchtspäne schnitzten und die Mägde sowie auch meine Mutter und Ahne Wolle und Flachs spannen, und als die

Adventszeit kam, in welcher an solchen Span- und Spinnabenden alte Märchen erzählt und geistliche Lieder gesungen wurden, da saß ich beständig auf dem Schemel am Ofen.

Ich hörte von da aus den Geschichten und Gesängen zu, und wenn solche schauerlich wurden und sich meine kleine Seele aufzuregen und zu fürchten begann, rückte ich den Schemel näher der Mutter und begann mich ängstlich an ihr Kleid zu halten, und ich konnte gar nicht mehr begreifen, wie die anderen über mich oder über ihre schrecklichen Geschichten noch zu lachen vermochten. Zuletzt, als es zum Schlafengehen kam und mir die Mutter mein Ladbettchen hervorzog, wollte ich schon gar nicht mehr allein in das Bett gehen, und es mußte die Ahne neben mir liegen, bis die fürchterlichen Bilder in mir vergingen und ich einschlief.

Aber die langen Adventsnächte waren bei uns immer sehr kurz. Bald nach zwei Uhr begann es im Hause unruhig zu werden. Oben auf dem Dachboden hörte man die Knechte, wie sie sich ankleideten und umhergingen, und in der Küche brachen die Mägde Späne ab und schürten am Herde. Dann gingen sie alle auf die Tenne zum Dreschen.

Auch die Mutter war aufgestanden und hatte in der Stube Licht gemacht; bald darauf erhob sich der Vater, und sie zogen Kleider an, die nicht ganz für den Werktag und auch nicht ganz für den Feiertag waren. Dann sprach die Mutter zur Ahne, die im Bette lag, einige Worte, und wenn ich, erweckt durch die Unruhe, auch irgendeine Bemerkung tat, so gab sie mir bloß zur Antwort: „Sei du nur schön still und schlaf!“ — Dann zündeten meine Eltern eine Laterne an, löschten das Licht in der Stube aus und gingen aus dem Hause. Ich hörte noch die äußere Tür gehen, und ich sah an den Fenstern den Lichtschimmer vorüberflimmern, und ich hörte das Ächzen der Tritte im Schnee, und ich hörte noch das Rasseln des Kettenhundes. — Dann wurde es wieder ruhig, nur war das dumpfe, gleichmäßige Pochen der Drescher zu vernehmen, dann schlief ich wieder ein.

Der Vater und die Mutter gingen in die fast drei Stunden entfernte Pfarrkirche zur Rorate. Ich träumte ihnen nach, ich hörte die Kirchenglocken, ich hörte den Ton der Orgel und das Adventslied: Maria sei gegrüßet, du lichter Morgenstern! Und ich sah die Lichter am Hochaltare, und die Engelein, die über demselben standen, breiteten ihre goldenen Flügel aus und flogen in der Kirche umher, und einer, der mit der Posaune über dem Predigtstuhl stand, zog hinaus in die Heiden und in die Wälder und blies es durch die ganze Welt, daß die Ankunft des Heilands nahe sei.

Als ich erwachte, strahlte die Sonne schon lange zu den Fenstern herein, und draußen glitzerte und flimmerte der Schnee, und die Mutter ging wieder in der Stube umher und war in Werktagskleidern und tat häusliche Arbeiten. Das Bett der Ahne neben dem meinigen war auch schon geschichtet, und die Ahne kam nun von der Küche herein und half mir die Höschen anziehen und wusch mein Gesicht mit kaltem Wasser, daß ich aus Empfindsamkeit zugleich weinte und lachte. Als dieses geschehen war, kniete ich auf meinen Schemel hin und betete mit der Ahne den Morgensegen:

In Gottes Namen aufstehen,
Gegen Gott gehen,
Gegen Gott treten,
Zum himmlischen Vater beten,
Daß er uns verleih'
Lieb' Englein drei:
Der erste, der uns weist,
Der zweite, der uns speist,
Der dritt', der uns behüt' und bewahrt,
Daß uns an Leib uns Seel' nichts widerfahrt.

Nach dieser Andacht erhielt ich meine Morgensuppe, und nach derselben kam die Ahne mit einem Kübel Rüben, die wir nun zusammen zu schälen hatten. Ich saß dabei auf meinem Schemel. Aber bei dem Schälen der Rüben konnte ich die Ahne nie vollkommen befriedigen; ich schnitt stets eine zu dicke Schale, ließ sie aber stellenweise doch wieder ganz auf der Rübe. Wenn ich mich dabei gar in den Finger schnitt und sofort zu weinen begann, so sagte die Ahne immer sehr unwirsch: „Mit dir ist wohl ein rechtes Kreuz, man soll dich frei hinauswerfen in den Schnee!“ Dabei verband sie mir die Wunde mit unsäglicher Sorgfalt und Liebe.

So vergingen die Tage des Advents, und ich und die Ahne sprachen immer häufiger und häufiger von dem Weihnachtsfeste und von dem Christkinde, das nun bald kommen werde zu den Menschen.

Je mehr wir dem Feste nahten, um so unruhiger wurde es im Hause. Die Knechte trieben das Vieh aus dem Stalle und gaben frische Streu hinein und stellten die Barren und Krippen zurecht; der Halterbub striegelte die Ochsen, daß sie ein glattes Aussehen bekamen; der Futterbub mischte mehr Heu in das Stroh als gewöhnlich und bereitete davon einen ganzen Stoß in der Futterkammer. Die Kuhmagd tat das gleiche. Das Dreschen hatte schon einige Tage früher aufgehört, weil man durch den Lärm die nahen Feiertage zu entheiligen geglaubt hätte.

Im ganzen Hause wurde gewaschen und gescheuert, selbst in die Stube kamen die Mägde mit ihren Wasserkübeln und Strohwischen und Besen hinein. Ich freute mich immer sehr auf dieses Waschen, weil ich es gern hatte, wie alles drunter und drüber gekehrt wurde, und weil die Glasbilder im Tischwinkel, die braune Schwarzwälderuhr mit ihrer Metallschelle und andere Dinge, die ich sonst immer nur von der Höhe zu sehen bekam, herabgenommen und mir näher gebracht wurden, so daß ich alles viel genauer und von verschiedenen Seiten betrachten konnte.

Freilich war mir nicht erlaubt, dergleichen Dinge anzurühren, weil ich noch zu ungeschickt und unbesonnen dafür wäre und die Gegenstände leicht beschädigen könne. Aber es gab doch Augenblicke, in welchen man im eifrigen Waschen und Scheuern nicht auf mich achtete.

In einem solchen Augenblick kletterte ich einmal über den Schemel auf die Bank und von der Bank auf den Tisch, der aus seiner gewöhnlichen Stellung gerückt war und auf dem die Schwarzwälderuhr lag. Ich machte mich an die Uhr, von der die Gewichte über den Tisch hingen, sah durch ein offenes Seitentürchen in das messingene, sehr bestaubte Räderwerk hinein, tupfte einigemale an die kleinen Blätter des Windrädchens und legte die Finger endlich selbst an das Rädchen, ob es denn nicht gehe; aber es ging nicht. Zuletzt rückte ich auch ein wenig an einem Holzstäbchen, und als ich das tat, begann es im Werk fürchterlich zu rasseln. Einige Räder gingen langsam, andere schneller, und das Windrädchen flog, daß man es kaum sehen konnte. Ich war unbeschreiblich erschrocken, ich kollerte vom Tisch über Bank und Schemel auf den nassen, schmutzigen Boden hinab; da faßte mich schon die Mutter am Röcklein, und die „birkene Liesel" war da. Das Rasseln in der Uhr wollte gar nicht aufhören, und zuletzt nahm mich die Mutter mit beiden Händen und trug mich in das Vorhaus und schob mich durch die Tür hinaus in den Schnee und schlug die Tür hinter mir zu. Ich stand wie vernichtet da, ich hörte von innen noch das Greinen der Mutter, die ich sehr beleidigt haben mußte, und ich hörte das Scheuern und Lachen der Mägde, und ich hörte noch immer das Rasseln der Uhr.

Als ich eine Weile dagestanden und geschluchzt hatte, und als gar niemand gekommen war, der mich wieder in das Haus gerufen hätte, ging ich fort nach dem Pfade, der in den Schnee getreten war, und ich ging über den Hausanger und über das Feld dem Walde zu. Ich wußte nicht, wohin ich wollte, ich bildete mir nur ein, daß mir ein großes Unrecht geschehen sei, und daß ich nun nicht mehr in das Haus zurückkehren könne.

Aber ich war noch nicht zu dem Walde gekommen, als ich hinter mir ein grelles Pfeifen hörte. Das war das Pfeifen der Ahne, wie sie es machte, wenn sie zwei Finger in den Mund nahm und die Zunge spitzte und blies: „Wo willst du denn hin, du dummes Kind“, rief sie, „wart, wenn du so im Wald herumlaufen willst, so wird dich schon die Mooswaberl abfangen, wart nur!“

Auf diese Worte kehrte ich augenblicklich um, denn die Mooswaberl fürchtete ich unsäglich.

Ich ging aber immer noch nicht in das Haus, ich blieb im Hofe stehen, wo der Vater und zwei Knechte gerade ein Schwein aus dem Stalle zogen, um es abzustechen. Über das ohrenzerreißende Schreien des Tieres und über das Blut, das ich nun sah, und das eine Magd in einen Topf auffing, vergaß ich auch das Vorgefallene, und als der Vater im Vorhause das Schwein abhäutete, stand ich schon wieder dabei und hielt die Hautzipfel, die er mit einem großen Messer von dem speckigen Fleisch immer mehr und mehr lostrennte. Als später die Eingeweide herausgenommen waren und die Mutter Wasser in das Becken goß, sagte sie zu mir: „Geh weg da, sonst wirst du ganz angespritzt!“

Aus diesen Worten entnahm ich, daß die Mutter mit mir wieder versöhnt sei, und nun war alles gut, und als ich wieder in die Stube kam, um mich ein wenig zu erwärmen, stand da alles an seinem gewöhnlichen Platz. Boden und Wände waren noch feucht, aber rein gescheuert, und die Schwarzwälderuhr hing wieder an der Wand und tickte. Und sie tickte viel lauter und heller durch die neu hergestellte Stube als früher.

Endlich nahm das Waschen und Scheuern und Glätten ein Ende, im Hause wurde es ruhiger, fast still, und der Heilige Abend war da. Das Mittagsmahl am Heiligen Abend wurde nicht in der Stube eingenommen, sondern in der Küche, wo man das Nudelbrett als Tisch eignete und sich um dasselbe herum setzte und das einfache Fastengericht still, aber mit gehobener Stimmung verzehrte.

Der Tisch in der Stube war mit einem schneeweißen Tuche bedeckt, und vor dem Tische stand mein Schemel, auf welchen sich zum Abend, als die Dämmerung einbrach, die Ahne hinkniete und still betete.

Mägde gingen leise durch das Haus und bereiteten ihre Festtagskleider vor, und die Mutter tat in einen großen Topf Fleischstücke, goß Wasser daran und stellte sie zum Herdfeuer. Ich schlich in der Stube auf den Zehenspitzen herum und hörte nichts als das lustige Prasseln des Feuers in der Küche. Ich blickte auf meine Sonntagshöschen und auf das Jöppel und auf das schwarze Filzhütlein, das schon an einem Nagel der Wand hing, und dann blickte ich durch das Fenster in die hereinbrechende Dunkelheit hinaus. Wenn kein ungestümes Wetter eintrat, so durfte ich in der Nacht mit dem Großknecht in die Kirche gehen. Und das Wetter war ruhig, und es würde auch, wie der Vater sagte, nicht allzu kalt werden, weil auf den Bergen Nebel lag.

Unmittelbar vor dem „Rauchengehen", in welchem Haus und Hof nach alter Sitte mit Weihwasser und Weihrauch besegnet wird, hatten der Vater und die Mutter einen kleinen Streit. Die Mooswaberl war dagewesen, hatte glückselige Feiertage gewünscht, und die Mutter hatte ihr für den Festtag ein Stück Fleisch geschenkt. Darüber war der Vater etwas ungehalten; er war sonst ein Freund der Armen und gab ihnen nicht selten mehr, als unsere Verhältnisse erlauben wollten, aber der Mooswaberl sollte man seiner Meinung nach kein Almosen reichen. Die Mooswaberl war ein Weib, welches gar nicht in die Gegend gehörte, welches unbefugt in den Wäldern umherstrich, Moos und Wurzeln sammelte, in halbverfallenen Köhlerhütten Feuer machte und schlief. Daneben zog sie bettelnd zu den Bauernhöfen, wollte Moos verkaufen, und da sie keine Geschäfte machte, weinte sie und verfluchte das Leben. Kinder, die sie ansah, fürchteten sich entsetzlich vor ihr, und viele wurden krank; Kühen tat sie an, daß sie rote Milch gaben.

Wer ihr eine Wohltat erwies, den verfolgte sie einige Minuten und sagte ihm: „Tausend und tausend Vergeltsgott bis in den Himmel hinauf."

Wer sie aber verspottete oder sonst auf irgendeine Art beleidigte, zu dem sagte sie: „Ich bete dich hinab in die unterste Hölle!"

Die Mooswaberl kam oft zu unserem Hause und saß gern vor demselben auf dem grünen Rasen oder auf dem Querbrett der Zaunstiegel, trotz des heftigen Bellens und Rasselns unseres Kettenhundes, der sich gegen dieses Weib besonders unbändig zeigte. Aber die Mooswaberl saß so lange vor dem Hause, bis die Mutter ihr eine Schale Milch oder ein Stück Brot oder beides hinaustrug. Meine Mutter hatte es gern, wenn das Weib sie durch ein tausendfaches Vergeltsgott bis in den Himmel hinauf wünschte. Der Vater legte dem Wunsche dieser Person keinen Wert bei, war er ein Segensspruch oder ein Fluch.

Als man draußen im Dorf vor Jahren das Schulhaus gebaut, war dieses Weib mit dem Manne in die Gegend gekommen und hatte dabei geholfen, bis einst der Mann bei einer Steinsprengung getötet wurde. Seit dieser Zeit arbeitete sie nicht mehr, und sie zog auch nicht fort, sondern trieb sich herum, ohne daß man wußte, was sie tat, und was sie wollte. Zum Arbeiten war sie nicht mehr zu bringen; sie schien geisteskrank zu sein.

Der Richter hatte die Mooswaberl schon mehrmals aus der Gemeinde gewiesen, aber sie war immer wieder zurückgekommen. „Sie würde nicht immer zurückgekommen sein", sagte mein Vater, „wenn sie in dieser Gegend nichts gebettelt bekäme. So wird sie hier verbleiben, und wenn sie alt und krank ist, müssen wir sie auch hegen und pflegen;

das ist ein Kreuz, welches wir uns selbst an den Hals gebunden haben."

Die Mutter sagte nichts zu solchen Worten, sondern sie gab der Mooswaberl, wenn sie kam, immer das gewohnte Almosen, und heute noch etwas mehr, zu Ehren des hohen Festes.

Darum also war der kleine Streit zwischen Vater und Mutter, der aber allsogleich verstummte, als zwei Knechte mit dem Rauch- und Weihwassergefäß in das Haus kamen.

Nach dem Rauchen stellte der Vater ein Kerzenlicht auf den Tisch, Späne durften heute nur in der Küche gebrannt werden. Das Nachtmahl wurde schon wieder in der Stube eingenommen. Der Großknecht erzählte während desselben wundersame Geschichten.

Nach dem Abendmahle sang die Mutter ein Hirtenlied. So wonnevoll ich sonst diesen Liedern lauschte, aber heute dachte ich nur immer an den Kirchgang, und ich wollte durchaus schon das Sonntagskleidchen anziehen. Man sagte, es sei noch später Zeit dazu, aber endlich gab die Ahne meinem Drängen doch nach und zog mich an. Der Stallknecht kleidete sich sehr sorgsam in seinen Festtagsstaat, weil er nach dem Mitternachtsgottesdienst nicht nach Hause gehen, sondern im Dorfe den Morgen abwarten wollte. Gegen neun Uhr waren auch die anderen Knechte und Mägde bereit und zündeten am Kerzenlicht eine Spanlunte an. Ich hielt mich an den Großknecht, und meine Eltern und meine Großmutter, welche daheim blieben, um das Haus zu hüten, besprengten mich mit Weihwasser und sagten, daß ich nicht fallen und nicht erfrieren möge.

Dann gingen wir.

Es war sehr finster, und die Lunte, welche der Stallknecht vorantrug, warf ihr rotes Licht in einer großen Scheibe auf den Schnee und auf den Zaun und auf die Steinhaufen und Bäume, an denen wir vorüberkamen. Mir kam dieses rote Leuchten, das zudem noch durch die großen

Schatten unserer Körper unterbrochen war, grauenhaft vor, und ich hielt mich sehr ängstlich an den Großknecht, so daß dieser einmal sagte: „Aber hörst, meine Joppe mußt du mir lassen, was tät' ich denn, wenn du mir sie abrissest?“

Der Pfad war eine Zeitlang sehr schmal, so daß wir hintereinander gehen mußten, wobei ich nur froh war, daß ich nicht der Letzte war, denn ich bildete mir ein, daß dieser unendlichen Gefahren wegen der Gespenster ausgesetzt sein müsse.

Ein schneidende Luft ging, und die glimmenden Splitter der Lunte flogen weithin, und selbst, als sie auf die harte Schneekruste niederfielen, glimmten sie noch eine Weile fort.

Wir waren bisher über die Blößen und durch Gesträuche und Wälder abwärts gegangen; jetzt kamen wir zu einem Bache, den ich sehr gut kannte, er floß durch die Wiese, auf welcher wir im Sommer das Heu machten. Im Sommer rauschte dieser Bach sehr, aber heute hörte man ihn nur murmeln und gurgeln, weil er überfroren war. Auch an einer Mühle kamen wir vorüber, an welcher ich gar heftig erschrak, weil einige Funken auf das Dach flogen; aber auf dem Dache lag Schnee, und die Funken erloschen. Als wir eine Weile durch das Tal gegangen waren, verließen wir den Bach, und der Weg führte aufwärts durch einen finsteren Wald, in welchem der Schnee sehr seicht lag, aber auch keine so feste Kruste hatte als auf den Blößen.

Endlich kamen wir zu einer breiten Straße, wo wir nebeneinander gehen konnten und wo wir dann und wann ein Schlittengeschelle hörten. Dem Stallknecht war die Lunte bereits bis zur der Hand herabgebrannt, und er zündete nun eine neue an, die er vorrätig hatte. Auf der Straße sah man nun auch mehrere andere Lichter, große rote Fackeln, die heranloderten, als schwämmen sie in der schwarzen Luft, und hinter denen nach und nach ein Gesicht und mehrere Gesichter auftauchten, von Kirchengehern, die sich nun auch zu uns gesellten. Und wir sahen Lichter von anderen

Bergen und Höhen, die noch so weit entfernt waren, daß wir nicht erkennen konnten, ob sie standen oder sich bewegten.

So gingen wir weiter. Der Schnee knirschte unter unseren Füßen, und wo ihn der Wind weggetragen hatte, da war der schwarze Fleck des nackten Bodens so hart, daß unsere Schuhe an ihm klangen. Die Leute sprachen und lachten viel, aber mir war, als sei das in der heiligen Christnacht gar nicht recht; ich dachte nur immer schon an die Kirche und wie das doch sein werde, wenn mitten in der Nacht Musik und ein Hochamt ist.

Als wir eine lange Weile auf der Straße fortgegangen und an einzelnen Bäumen und an Häusern vorüber und dann wieder über Felder und durch einen Wald gekommen waren, hörte ich auf den Baumwipfeln plötzlich ein leises Klingen. Als ich horchen wollte, hörte ich es nicht, aber bald darauf hörte ich es wieder und deutlicher als das erstemal. Es war der Ton des kleinen Glöckleins vom Turme der Kirche. Die Lichter, die wir nun auf den Bergen und im Tale sahen, wurden immer häufiger, und nun merkten wir es auch, daß sie alle der Kirche zueilten. Auch die kleinen, ruhigen Sterne der Laternen schwebten heran, und auf der Straße wurde es immer lebhafter. Das kleine Glöcklein wurde durch ein größeres abgelöst, und das läutete so lange, bis wir fast nahe zur Kirche kamen. — Also war es doch wahr, wie die Ahne gesagt hatte: Um Mitternacht fangen die Glocken zu läuten an und läuten so lange, bis aus den fernen Tälern der letzte Bewohner der Hütten zur Kirche kommt.

Die Kirche steht auf einem mit Birken und Tannen bewachsenen Hügel, und um sie liegt der kleine Friedhof, welcher mit einer niederen Mauer umgeben ist. Die wenigen Häuser stehen im Tale.

Als die Leute an die Kirche gekommen waren, steckten sie ihre Lunten umgekehrt in den Schnee, daß sie erloschen, nur eine wurde zwischen zwei Steine der Friedhofmauer geklemmt und brennen gelassen.

Jetzt klang auf dem Turme in langsamem, gleichmäßigem Wiegen schon die große Glocke. Aus den schmalen, hohen Kirchenfenstern fiel heller Schein. Ich wollte in die Kirche, aber der Großknecht sagte, es habe noch Zeit, und blieb stehen und sprach und lachte mit anderen Burschen und stopfte sich eine Pfeife an.

Endlich klangen alle Glocken zusammen, in der Kirche begann die Orgel zu tönen, und nun gingen wir hinein.

Das sah ganz anders aus wie an den Sonntagen. Die Lichter, die auf dem Altare brannten, waren hellweiße, funkelnde Sterne, und der vergoldete Tabernakel strahlte gar herrlich zurück. Die Ampel des ewigen Lichtes war rot. Der obere Raum der Kirche war so dunkel, daß man die schönen Verzierungen des Schiffes nicht sehen konnte. Die dunklen Gestalten der Menschen saßen in den Stühlen oder standen neben denselben; die Weiber waren sehr in Tücher eingeschlagen und husteten. Viele hatten Kerzen vor sich brennen und sangen aus ihren Büchern mit, als auf dem Chore das Tedeum ertönte. Der Großknecht führte mich durch die zwei Reihen der Stühle gegen einen Nebenaltar, wo schon mehrere Leute standen. Dort hob er mich auf einen Schemel zu einem Glaskasten empor, der, von zwei Kerzen beleuchtet, zwischen zwei aufgesteckten Tannenwipfeln stand und den ich früher, wenn ich mit den Eltern in die Kirche kam, nie gesehen hatte. Als mich der Großknecht auf den Schemel gehoben hatte, sagte er mir leise ins Ohr: „So, jetzt kannst das Krippel anschauen." Dann ließ er mich stehen, und ich schaute durch das Glas. Da kam ein Weiblein zu mir herbei und sagte leise: „Ja, Kind, wenn du das anschauen willst, so muß dir's auch jemand auslegen." Und sie erklärte mir die kleinen Gestalten.

Ich sah die Dinge an. Außer der Mutter Maria, welche über den Kopf ein blaues Tuch geschlagen hatte, das bis zu den Füßen hinabging, waren alle Gestalten, welche Menschen vorstellen sollten, so gekleidet wie unsere Knechte oder wie ältere Bauern. Der heilige Joseph selbst trug grüne Strümpfe und eine kurze Gemslederhose.

Als das Tedeum zu Ende war, kam der Großknecht wieder, hob mich von dem Schemel, und wir setzten uns in einen Stuhl. Dann ging der Kirchenmann herum und zündete alle Kerzen an, die in der Kirche waren, und jeder Mensch, auch der Großknecht, zog nun ein Kerzlein aus dem Sack und zündete es an und klebte es vor sich auf das Pult. Jetzt war es so hell in der Kirche, daß man auch die Verzierungen an der Decke genau sehen konnte.

Auf dem Chore stimmte man Geigen und Trompeten und Pauken, und als an der Sakristeitür das Glöcklein klang und der Pfarrer in funkelndem Meßkleide, begleitet von Ministranten und rotbemäntelten Windlichtträgern, über den purpurroten Fußteppich zum Altare ging, da rauschte die Orgel in ihrem ganzen Vollklang, da wirbelten die Pauken und schmetterten die Trompeten.

Weihrauch stieg auf und hüllte den ganzen lichterstrahlenden Hochaltar in einen Schleier. — So begann das Hochamt, und so strahlte und tönte und klang es um Mitternacht. Beim Offertorium waren alle Instrumente still, nur zwei helle Stimmen sangen ein liebliches Hirtenlied, und während des Benedictus jodelten eine Klarinette und zwei Flügelhörner langsam und leise den Wiegengesang. Während des Evangeliums und der Wandlung hörte man auf dem Chore den Kuckuck und die Nachtigall wie mitten im sonnigen Frühling.

Tief nahm ich sie auf in meine Seele, die wunderbare Herrlichkeit der Christnacht, aber ich jauchzte nicht auf vor Entzücken, ich blieb ernst, ruhig, ich fühlte die Weihe.

Aber während die Musik tönte, dachte ich an Vater und Mutter und Großmutter daheim. Die knien jetzt um den Tisch bei dem einzigen Kerzenlichtlein und beten, oder sie schlafen gar, und es ist finster in der Stube, und nur die Uhr geht, sonst ist es still, und es liegt eine tiefe Ruhe über den waldigen Bergen, und die Christnacht ist ausgebreitet über die ganze Welt.

Als endlich das Amt seinem Ende nahte, erloschen nach und nach die Kerzlein in den Stühlen, und der Kirchenmann ging wieder herum und dämpfte mit seinem Blechkäppchen an den Wänden und Bildern und Altären die Lichter aus. Die am Hochaltare brannten noch, als auf dem Chore der letzte freudenreiche Festmarsch erscholl und sich die Leute aus der weihrauchduftenden Kirche drängten.

Als wir in das Freie kamen, war es trotz des dichten Nebels, der sich von den Bergen niedergesenkt hatte, nicht mehr ganz so finster wie vor Mitternacht. Es mußte der

Mond aufgegangen sein; man zündete keine Fackeln mehr an. Es schlug eine Uhr, aber der Schulmeister läutete schon die Betglocke zum Christmorgen.

Ich warf noch einen Blick auf die Kirchenfenster; aller Festglanz war erloschen, ich sah nur mehr den matten, rötlichen Schimmer des ewigen Lichtes.

Als ich mich dann wieder an den Rock des Großknechtes halten wollte, war dieser nicht mehr da, einige fremde Leute waren um mich, die miteinander sprachen und sich sofort auf den Heimweg machten. Mein Begleiter mußte schon voraus sein; ich eilte ihm nach, lief schnell und an mehreren Leuten vorüber, auf daß ich ihn bald einhole. Ich lief, so sehr es meine kleinen Füße konnten, ich kam durch den finsteren Wald, und ich kam über Felder, über welche scharfer Wind blies, so daß ich, wie warm mir sonst war, von Nase und Ohren fast nichts mehr fühlte. Ich kam an Häusern und Baumgruppen vorüber, die Leute, die früher noch auf der Straße gegangen waren, verloren sich nach und nach, und ich war allein, und den Großknecht hatte ich noch immer nicht erreicht. Ich dachte, daß er auch hinter mir sein könne, ich beschloß, geradewegs nach Hause zu eilen. Auf der Straße lagen hie und da schwarze Punkte, die Kohlen der Spanfackeln, welche die Leute auf dem Kirchwege abgeschüttelt. Die Gesträuche und Bäumchen, die neben am Wege standen und unheimlich aus dem Nebel emportauchten, beschloß ich gar nicht anzusehen, ich fürchtete mich davor. Besonders in Angst war ich, sooft ein Pfad quer über die Straße ging, weil das ein Kreuzweg war, an dem in der Christnacht gern der Böse steht und klingende Schätze bei sich hat, um arme Menschenkinder dadurch mit sich zu locken. Der Stallknecht hatte zwar gesagt, er glaube nicht daran, aber geben mußte es denn doch dergleichen Dinge, sonst könnten die Leute nicht soviel davon sprechen. — Ich war aufgeregt, ich wendete meine Augen nach allen Seiten, ob nicht irgendwo ein Gespenst auf mich zukomme.

Endlich nahm ich mir vor, gar nicht mehr an solches Zeug zu denken, aber je fester ich das beschloß, desto mehr dachte ich daran.

Nun war ich zum Pfad gekommen, der mich von der Straße abwärts durch den Wald und in das Tal führen sollte. Ich bog ab und eilte unter den langästigen Bäumen dahin. Die Wipfel rauschten stark, und dann und wann fiel ein Schneeklumpen neben mir nieder. Stellenweise war es auch so finster, daß ich kaum die Stämme sah, wenn ich nicht an dieselben stieß, und daß ich den Pfad verlor. Letzteres war mir ziemlich gleichgültig, denn der Schnee war sehr seicht, auch war anfangs der Boden hübsch glatt; aber allmählich begann er steil und steiler zu werden, und unter dem Schnee war viel Gestrüppe und hohes Heidekraut. Die Baumstämme standen nicht mehr so regelmäßig, sondern zerstreut, manche schief hängend, manche mit aufgerissenen Wurzeln an anderen lehnend, manche mit wild und wirr aufragenden Ästen am Boden liegend. Das hatte ich nicht gesehen, als wir aufwärts gingen. Ich konnte oft kaum weiter, ich mußte mich durch das Gesträuche und Geäste durchwinden. Oft brach der Schnee ein, das steife Heidekraut reichte mir bis zur Brust heran. Ich sah ein, daß ich den rechten Weg verloren hatte, aber war ich nur erst im Tale und bei dem Bache, dann ging ich diesem entlang aufwärts, und da mußte ich endlich doch zur Mühle und zu unserer Wiese kommen.

Schneeschollen fielen mir in das Rocksäcklein, Schnee legte sich an die Höschen und Strümpfe, und das Wasser rann mir in die Schuhe hinab. Zuerst war ich durch das Klettern über das Gefälle und das Kriechen in dem Gesträuche müde geworden, aber nun war auch die Müdigkeit verschwunden; ich achtete nicht den Schnee, und ich achtete nicht das Heidekraut und Gesträuche, das mir oft rauh über das Gesicht fuhr, sondern ich eilte weiter. Oft fiel ich zu Boden, aber ich raffte mich schnell auf. Auch alle Gespensterfurcht war weg; ich dachte an nichts als an das Tal und an unser Haus. Ich wußte nicht, wie lange ich mich so durch die Wildnis fortwand, aber ich fühlte mich kräftig und behendig, die Angst trieb mich vorwärts.

Plötzlich stand ich vor einem Abgrund. In dem Abgrunde lag grauer Nebel, aus welchem einzelne Baumwipfel emportauchten. Um mich hatte sich der Wald gelichtet, über mir war es heiter, und am Himmel stand der Halbmond. Mir gegenüber und weiter im Hintergrunde waren nichts als seltsame, kegelförmige, waldige Berge.

Unten in der Tiefe mußte das Tal mit der Mühle sein; mir war, als hörte ich das Tosen des Baches, aber es war das Rauschen des Windes in den jenseitigen Wäldern. Ich ging rechts und links und suchte einen Fußsteig, der mich abwärts führte, und ich fand eine Stelle, an welcher ich mich durch Gerölle, welches vom Schnee befreit dalag, und durch Wacholdergesträuche hinablassen zu können vermeinte. Das gelang mir auch eine Strecke, doch noch zur rechten Zeit hielt ich mich an eine Wurzel, fast wäre ich über eine senkrechte Wand gestürzt. Nun konnte ich nicht mehr vorwärts. Ich ließ mich aus Mattigkeit zu Boden. In der Tiefe lag der Nebel mit den schwarzen Baumwipfeln. Außer dem Rauschen des Windes in den Wäldern hörte ich nichts. Ich wußte nicht, wo ich war. — Wenn jetzt ein Reh käme, ich würde es fragen nach dem Weg, vielleicht könnte es ihn mir weisen, in der Christnacht reden ja Tiere menschliche Sprache! —

Ich erhob mich, um wieder aufwärts zu klettern; ich machte das Gerölle locker und kam nicht vorwärts. Mich schmerzten Hände und Füße. Nun stand ich still und rief, so laut ich konnte, nach dem Großknecht. Meine Stimme fiel von den Wäldern und Wänden langgezogen und undeutlich zurück.

Dann hörte ich wieder nichts als das Rauschen des Windes.

Der Frost schnitt mir in die Glieder.

Nochmals rief ich mit aller Macht den Namen des Großknechtes. Wieder nichts als der langgezogene Widerhall. Nun überkam mich eine fürchterliche Angst. Ich rief schnell hintereinander meine Eltern, meine Ahne, alle Knechte und Mägde unseres Hauses. Es war vergebens.

Nun begann ich kläglich zu weinen.

Bebend stand ich da, und mein Körper warf einen langen Schatten schräg abwärts über das nackte Gestein. Ich ging an der Wand hin und her, um mich etwas zu erwärmen, ich betete laut zum heiligen Christkind, daß es mich erlöse.

Der Mond stand hoch am dunklen Himmel.

Ich konnte nicht mehr weinen und beten, ich konnte mich auch kaum mehr bewegen, ich kauerte mich zitternd an einen Stein und dachte: Nun will ich schlafen, das ist alles nur ein Traum, und wenn ich erwache, bin ich daheim oder im Himmel.

Da hörte ich plötzlich ein Knistern über mir im Wacholdergesträuche, und bald fühlte ich, wie mich etwas berührte und emporhob. Ich wollte schreien, aber ich konnte nicht, die Stimme war wie eingefroren. Aus Furcht und Angst hielt ich die Augen fest geschlossen. Auch Hände und Füße waren mir wie gelähmt, ich konnte sie nicht bewegen. Mir war warm, und mir kam vor, als ob sich das ganze Gebirge mit mir wiegte. —

Als ich zu mir kam und erwachte, war noch Nacht, aber ich stand an der Tür meines Vaterhauses, und der Kettenhund bellte heftig. Eine Gestalt hatte mich auf den festgetretenen Schnee gleiten lassen, pochte dann mit dem Ellbogen gewaltig an die Tür und eilte davon. Ich hatte diese Gestalt erkannt — es war die Mooswaberl gewesen.

Die Tür ging auf, und die Ahne stürzte mit den Worten auf mich zu: „Jesus Christus, da ist er ja!"

Sie trug mich in die warme Stube, aber von dieser schnell wieder zurück in das Vorhaus; dort setzte sie mich auf einen Trog, eilte dann hinaus vor die Tür und machte durchdringliche Pfiffe.

Sie war ganz allein zu Hause. Als der Großknecht von der Kirche zurückgekommen war und mich daheim nicht gefunden hatte, und als auch die anderen Leute kamen und ich bei keinem war, gingen sie alle hinab in den Wald und in das Tal und jenseits hinauf zur Straße und nach allen Richtungen. Selbst die Mutter war mitgegangen und hatte überall, wo sie ging und stand, meinen Namen gerufen. —

Nachdem die Ahne glaubte, daß es mir nicht mehr schädlich sein konnte, trug sie mich wieder in die warme Stube, und als sie mir die Schuhe und Strümpfe auszog, waren diese ganz zusammen- und fast an die Füße gefroren. Hierauf eilte sie nochmals in das Freie und machte wieder ein paar Pfiffe und brachte dann in einem Kübel Schnee herein und stellte mich mit bloßen Füßen in diesen Schnee. Als ich in dem Schnee stand, fühlte ich in den Zehen einen so heftigen Schmerz, daß ich stöhnte, aber die Ahne sagte: „Das ist schon gut, wenn du Schmerz hast, dann sind dir die Füße nicht erfroren."

Bald darauf strahlte die Morgenröte durch das Fenster, und nun kamen nach und nach die Leute nach Hause, zuletzt aber der Vater, und zu allerletzt, als schon die rote Sonnenscheibe über der Wechselalpe aufging, und als die Ahne unzählige Male gepfiffen hatte, kam die Mutter. Sie ging an mein Bettlein, in welches ich gebracht worden war, und an welchem der Vater saß. Sie war ganz heiser.

Sie sagte, daß ich nun schlafen sollte, und verdeckte das Fenster mit einem Tuche, auf daß mir die Sonne nicht in das Gesicht scheine. Aber der Vater meinte, ich solle noch nicht schlafen, er wolle wissen, wie ich mich von dem Knechte entfernt, ohne daß er es merkte, und wo ich herumgelaufen sei? Ich erzählte sofort, wie ich den Pfad verloren hatte, wie ich in die Wildnis kam, und als ich von dem Monde und von den schwarzen Wäldern und von dem Windrauschen und von dem Felsenabgrund erzählte, da sagte der Vater halblaut zu meiner Mutter: „Weib, sagen wir Gott Lob und Dank, daß er da ist, er ist auf der Trollwand gewesen!“

Nach diesen Worten gab mir die Mutter einen Kuß auf die Wangen, wie sie nur selten tat, und dann hielt sie ihre Schürze vor das Gesicht und ging davon.

„Ja, du Donnersbub, und wie bist denn heimgekommen?“ fragte mich der Vater. Darauf sagte ich, daß ich das nicht wisse, daß ich nach langem Schlafen und Wiegen auf einmal vor der Haustür gewesen und daß die Mooswaberl neben mir gestanden. Der Vater fragte mich noch einmal über diesen Umstand, aber ich antwortete, daß ich nichts Genaueres darüber sagen könne.

Nun sagte der Vater, daß er in die Kirche zum Hochgottesdienst gehe, weil heute der Christtag sei, und daß ich schlafen solle.

Ich mußte darauf viele Stunden geschlafen haben, denn als ich erwachte, war draußen Dämmerung, und in der Stube war es fast finster. Neben meinem Bette saß die Ahne und nickte, von der Küche herein hörte ich das Prasseln des Herdfeuers.

Später, als die Leute beim Abendmahle saßen, war auch die Mooswaberl am Tisch.

Auf dem Kirchhofe, über dem Grabhügel ihres Mannes, war sie während des Vormittagsgottesdienstes gekauert, da trat nach dem Hochamte mein Vater zu ihr hin und nahm sie mit in unser Haus.

Über die nächtliche Begebenheit brachte man nicht mehr von ihr heraus, als daß sie im Walde das Christkind gesucht habe; dann ging sie einmal zu meinem Bette und sah mich an, und ich fürchtete mich vor ihren Blicken. —

In dem hinteren Geschosse unseres Hauses war eine Kammer, in welcher nur altes, unbrauchbares Geräte und viel Spinnengewebe war.

Diese Kammer gab mein Vater der Mooswaberl zur Wohnung und stellte ihr einen Ofen und ein Bett und einen Tisch hinein.

Und sie blieb bei uns. Oft strich sie noch in den Wäldern umher und brachte Moos heim, dann ging sie wieder hinaus zur Kirche und saß stundenlang auf dem Grabhügel ihres Mannes, von dem sie nicht mehr fortzuziehen vermochte in ihre ferne Gegend, in der sie wohl auch einsam und heimatlos gewesen wäre wie überall. Über ihre Verhältnisse war nichts Näheres zu erfahren, wir vermuteten, daß das Weib einst glücklich und sicher bei voller Vernunft gewesen war und daß der Schmerz über den Verlust des Gatten ihr den Verstand geraubt hatte.

Wir hatten sie alle lieb, weil sie ruhig und mit allen zufrieden lebte und niemanden das geringste Leid zufügte. Nur der Kettenhund wollte sie immer noch nicht sichern, der bellte und zerrte überaus heftig an der Kette, sooft sie über den Anger ging. Aber das war anders von dem Tiere gemeint; als einmal die Kette riß, stürzte der Hund auf das Weib zu, sprang ihm winselnd an die Brust und leckte ihm die Wangen.

Da kam einmal in den Spätherbsttagen, an welchen die Mooswaberl fast ununterbrochen auf dem Grabhügel saß, eine Zeit, in welcher unser Kettenhund, statt lustig zu bellen, stundenlang heulte, so daß meine Ahne, die indes schon mühselig geworden war, sagte: „Schau, jetzt wird in unserer Gegend herum bald einmal wer sterben, weil der Hund gar so heent[1]; tröste ihn Gott!"

Und nach kurzer Zeit wurde die Mooswaberl krank, und als die Winterszeit gekommen war, starb sie.

In ihren letzten Augenblicken hielt sie noch meinen Vater und meine Mutter an der Hand und sprach die Worte: „Vergelt's euch Gott zu tausend und zu tausendmal, bis in den Himmel hinauf!"

Aus „Gesammelte Werke — Peter Rosegger"
L. Staackmann Verlag, Bamberg

---

[1] heenen: mundartlich für jämmerlich heulen.

VON ESEL UND OCHS

Von Ruth Schaumann

Jedes Jahr in den heiligen zwölf Nächten können die Tiere reden. Die Menschen aber verstehn, was sie zueinander sagen. Und in einer solchen Nacht einmal hat mir ein alter Ochs diese Geschichte erzählt, und der müde Esel, der neben ihm stand, neigte das Haupt mit den langen, seidengrauen Ohren dazu und sagte: „Ja, ja, so ist es."

Wie die ersten Menschen Gott betrübt und beleidigt hatten, daß der Engel sie forttreiben mußte aus dem hellen Paradies, zogen all die armen Tiere hinterher. Die hatte ja Gott um der Menschen willen gemacht in seinen lieblichen Garten hinein, so mußten sie bei den Menschen bleiben und mit ihnen ziehn, wohin die zogen; das war in viele Trübnis und sehr viele Not. Da klagten die Menschen, da klagten die Vögel, da klagten alle Tiere im Wald und die auf dem Felde, und die Fische im bitteren Meer klagten auch, mit Flossen und schuppigen Schwänzen klagten sie, weil sie keine Stimme haben.

Und alles schaute recht sehnsüchtig auf nach dem verlorenen Himmel, ob denn keine Hilfe kommen wolle, wie ein Tau auf verdorrende Kräuter; aber der Himmel blieb zu.

Wie aber die ersten Kinder kamen, die ersten jungen Rehlein, die ersten kleinen Vögel im Nest lagen, die ersten winzigen Lämmer unter den alten Schafen ruhten und kleine Esel auf hohen Beinen zwischen den müden Tieren standen, die noch das Paradies gekannt, hat man manchmal an stillen Abenden eines Engels Stimme singen gehört, fern, fern im Abendrot. Des Engels Stimme sang:

„Gott will nicht ewig tragen
Den so gerechten Zorn.
Es wird ein Röslein schlagen
Aus bitterlichem Dorn.
Gott wird sein Kind entsenden,
Das trägt und löst die Schuld
Und wird die Nacht beenden.
O liebe Erde, hab Geduld!"

Wenn dann die Stimme schwieg, war es schon, als sei nicht der Tau, aber Duft vom Tau gekommen. Mensch und Tier blickten sich liebreicher an und taten sich eine kleine Weile nichts mehr zuleid. Aber nur eine kleine, kleine Weile, dann war wieder alles wie zuvor, wehe und dunkel. Alle tausend Jahre sang der Engel einmal. Und als zehntausend Jahre vergangen waren, da seufzte die ganze Welt: „Wann kommt der Sohn des großen Gottes, wann, o wann?" Aber er kam immer noch nicht. Und es vergingen tausend Jahre und abermals tausend, und wie der Engel wiederum sang, da zitterte seine Stimme. Und die Menschen fragten sich: „Was zittert des Engels Stimme so sehr, kommt wohl der Sohn Gottes, kommt er nun bald?"

Und wie die Menschen, so sprachen auch die recht traurigen Tiere, die müden, miteinander, und die große Giraffe sagte: „Wenn er kommt, auf den wir alle so warten, werde ich ihn zuerst sehn, ich, die Giraffe, denn ich habe einen recht langen Hals."

„Nein", schrie der Adler, „ich sehe ihn zuerst, denn ich fliege ihm entgegen; so hoch, wie Engel fliegen, komme ich auch."

„Nein", sagte der Elefant. „Ich bin stark, ich zertrete alle Wälder wie Gras und mache ihm eine recht große Straße, daher er kommt . . ."

„Nein", sprach der Löwe, „ich werde rufen mit meiner stärksten Stimme, daß er herbeikommen muß, um zu schaun, wer so furchtbar laut ruft — ich sehe ihn zuerst und werde es euch dann sagen."

„O nein", sagte die Fledermaus, „er wird zur Nacht kommen, darin niemand sonst wacht als ich und die Eule mit ihren Mondaugen, wir werden ihn sehn, derweilen ihr schlaft."

Sie waren alle so stolz und schrien durcheinander ,und das Pferd meinte: „Er ist ein König, er wird auf mir daherreiten, auf meinem Rücken wird er thronen."

„Nein, auf mir", sagte das Dromedar, „ich will ihn viel besser tragen als du ..."

„Nein, auf mir", kam der Elefant; „er ist groß wie Gott, er, der Sohn Gottes, er wird allein Raum haben auf meinem Rücken." Und er warf seinen Rüssel in die Luft und hielt ihn ganz still und steif, als halte er den Himmel darauf wie einen Ball. O du törichter Elefant!

Die kleinen, schwachen Tiere aber standen dabei. Sie sagten nichts; was sollten sie auch sagen? Die kleinen Schafe froren so sehr, es war Winter, sie hatten ihre Wolle hergeben müssen. Die kleinen Mäuse zirpten so kläglich, sie hatten Hunger. Den Vögeln hatte der Sturm ihr Nest verweht, sie schrien vor Leid.

Mitten unter ihnen stand ein blindes Eselein, und ein großer alter Ochse betrachtete seine Hufe, die voll trockenem Schmutz waren, und rieb seinen Rücken an einem toten Baum, er war wund von der Peitsche des Bauern. Und der Ochse sprach zu dem Esel, seinem armen Freund: „Du und ich werden den großen, guten Gott niemals sehn und auch nicht hören, denn du bist blind und ich bin taub, und unsere Füße tragen uns nicht mehr weit."

Ganz still gingen alle zwei zurück in ihren armseligen Stall, vor die leere Krippe hin. Und da standen sie nun. Mit ihnen kam nur ein räudiges Lämmlein, eine hungrige

Maus und endlich eine häßliche Spinne, die setzte sich in ihr kleines Netz unterm Balken. Und dann kam die große, tiefe, lange Nacht.

Kein Stern war im Himmel, kein Wind bewegte die Bäume im Schnee, nur einmal klagte ein kleines Reh im Wald, und ein Vogel schrie traurig im Schlaf. Und auf einmal ein Stern im schwarzen Himmel, ein riesiger, starker, klarer, ein glänzender Stern, und des geliebten Engels Stimme dabei, die sang:

„Er ist nun auf Erden,
Des großen Gottes Sohn.
Geht hin mit allen Herden
Und wollet selig werden
Und steht um seinen Thron."

Da, horcht, begann der mächtige Löwe sein tiefstes Gebrüll, laut und lauter, stark und stärker, daß seine gewaltige Brust fast zersprang: „Sohn Gottes, komme herbei, daß ich dich sehe. Sohn Gottes, komme herzu!" Aber wie sehr er auch rief, er hörte sein eigenes Gebrüll nicht mehr, des großen Löwen starke Stimme war so leise geworden wie ein Hauch, der große Löwe war stumm.

Der Elefant aber raste jetzt durch die Stämme, er zertrat sie wie Gras, aber seltsam, hinter ihm standen sie allesamt wieder auf. Und wie der Elefant in die Wüste gerannt kam, fand er sich dort vor einem dunklen Mann, der trug eine Krone. Da beugte sich der Elefant, so groß und schwer er war, und sagte: „Sohn Gottes, großer König, sitz auf, ich habe dich zuerst gesehn, ich, der Elefant." Da saß der König auf, aber er lachte leise: „Ich bin nicht der König der Welt, den will ich ja auch suchen, trabe dahin, alter, törichter Elefant, bis wir ihn finden." Also ritt der Mohrenkönig Balthasar auf dem Elefanten dahin, immer dem neuen Stern entgegen.

Auch das Dromedar hatte einen König getroffen, und es sagte: „Siehst du, ich habe dich zuerst gesehn." Doch das war nur der König Kaspar, den es gefunden.

Auch das stolze Pferd fand einen König und nahm ihn auf seinen Rücken. Es warf die Hufe und den Schwanz, den langen, wie einen Schleier und sagte: „Ich trage den König der Welt, ich, das Pferd." Da antwortete der sehr alte Mann auf seinem Rücken traurig: „Gutes Tier, ich heiße Melchior, ich begehre selbst nach dem König, den du suchst, bringe mich hin, bringe mich hin."

Die Giraffe reckte sich durch das Geäst, sie sah nur den Stern, sonst sah sie nichts, der helle Stern blendete sie.

Der Adler hatte aufsteigen wollen, aber seine Flügel waren ihm schwer wie Blei, ein kleiner Spatz gelangte höher als er. Die Fledermaus und die Eule flatterten wohl neugierig umher, sie trafen nur Hirten, die schritten rüstig dahin. Sie fragten: „Wohin, ihr Hirten, was hütet ihr nicht, heute nacht?"

„Nach dem König der Welt, der heute gekommen ist."

„Wer hat ihn zuerst gesehn?" fragte die Eule.

„Ich weiß es nicht", antwortete der älteste Hirt, „ich gehe ihn grüßen."

Ja, wer, wer hat ihn zuerst gesehn? Das war der alte, sehr alte Ochs und das Eselein, das blinde. Das blinde? Ja, dies!

Sie standen alle zwei an der Krippe, der leeren. Sie murrten auch nicht, als noch ein armer Mann mit einem sehr schönen Weibe dazu kam, frierend und hungernd wie sie, mit einem winzigen Laternchen, das hängten sie an der Krippenwand auf. Sie schliefen ein vor Ermattung, vor Trauer, vor Hunger, und wurden wach an einem sehr hellen, süßen Licht, das vor ihnen war in der Krippe.

Der Ochse sah es, der Esel spürte es nur. Der Ochse sagte zum Esel: „Es ist ein kleines, ein sehr kleines Kind."

„Ach, sähe ich das kleine, das sehr kleine Kind, ich wollte den König der Welt nicht lieber sehn."

Da lächelte das Kindlein in der Spreu, und das Eselein konnte die schweren Lider erheben und sah das Kindlein vor sich, das sehr kleine Kind.

Es lächelte und es weinte — und der Ochs sagte: „Könnte ich sein Stimmlein vernehmen, wie süß muß es sein; ich wollte den König aller Völker nicht lieber hören, mit aller Musik, darinnen er naht." O da hörte der Ochs das sehr kleine Kind weinen, ganz zärtlich weinen, aus lauter Lieb', die es zu dem armen Tier empfand, aber es lächelte dennoch dabei.

Auch das räudige Lamm sah nun das Kind, die kleine Maus sah das Kind, und die häßliche Spinne sah das Kind im Stroh des Stalles, und seine Mutter kniete bei ihm. Dann sind die Hirten gekommen, dann die Könige, auf Roß, Elefant und Dromedar; sie knieten und riefen: „O Kind, o König, o Gott!"

Ochs und Esel aber haben es zuerst gesehn, denn den Allerärmsten und den Geduldigsten neigt sich die ewige Liebe zuerst und zutiefst. „Ja, ja, so ist es", sagte der Esel zu mir, und der Ochs sprach leise: „Und wir werden es wieder sehn in den nächsten Nächten, denn es ist die Zeit, da es kommt."

Aus „Der Weihnachtsstern", Geschichten, Legenden und Gedichte — Verlag Herder, Freiburg

DIE HEILIGEN DREI KÖNIGE

Von Felix Timmermans

Den Tag vorher, als es Abend wurde, war in dem fallenden Schnee ein knarrendes Kirmeswägelchen, das ein alter Mann und ein Hund zogen, die Straße entlanggefahren, und hinter der Fensterscheibe hatte man das bleiche Gesicht einer schmalen, jungen Frau gewahrt, die schwanger war und große, betrübte Augen hatte.

Sie waren vorbeigezogen, und wer sie gesehen hatte, dachte nicht mehr darüber nach.

Am Tage darauf war Weihnachten, und die Luft stand glasklar gefroren, zartblau über der weiten, in weißen Pelz vermummten Welt.

Und der lahme Hirte Suskewiet, der Aalfischer Pitjevogel mit seinem Kahlkopf und der triefäugige Bettler Schrobberbeeck gingen zu dritt die Höfe ab, als die heiligen drei Könige verkleidet.

Sie hatten mit sich einen Pappstern, der sich auf einer hölzernen Stange drehte, einen Strumpf, das gesammelte Geld darein zu bergen, und einen Doppelsack, um die Eßsachen hineinzustecken. Ihre armseligen Röcke hatten sie umgekehrt; der Hirt hatte einen hohen Hut auf, Schrobberbeeck trug eine Blumenkrone von der Prozession her auf dem Kopfe, und Pitjevogel, der den Stern drehte, hatte sein Gesicht mit Schuhwichse eingeschmiert.

Es war ein gutes Jahr gewesen mit einem fetten Herbst; die Bauern hatten alle ein Schwein ins Pökelfaß gelegt und saßen, ihre Pfeife schmauchend, mit Speckbäuchen vor dem heißen Herd und warteten sorglos auf den Frühling.

Der Hirte Suskewiet kannte so schöne, fromme Lieder aus alten Zeiten, Pitjevogel verstand den Stern so gleichmäßig zu drehen, und der Bettler wußte so echte, traurige Bettleraugen zu ziehen, daß, als der Mond rot heraufkam, der Fuß des Strumpfes voller Geld saß und der Sack sich blähte wie ein Blasebalg. Es steckte Brot darin, Schinkenknochen, Äpfel, Birnen und Wurst.

Sie waren in fröhlichster Laune, stießen sich wechselseitig mit den Ellbogen und genossen bereits das Vergnügen, am Abend einmal ein ordentliches Glas „Vitriol“ in der „Wassernixe“ zu trinken und sich mit dem guten und leckeren Essen den leeren Bauch so zu runden und zu prallen, daß man einen Floh darauf würde zerquetschen können.

Erst als die Bauern die Lampe ausdrehten und gähnend schlafen gingen, hörten sie mit ihrem Singen auf und begannen ihr Geld in dem hellen Mondenschein zu zählen.

Jungens, Jungens! Genever für eine volle Woche! Und dann konnten sie sich noch frisches Fleisch dazukaufen und Tabak!

Den Stern auf der Schulter, stapfte der schwarze Pitjevogel flink vorauf; die beiden anderen folgten, und das Wasser lief ihnen im Munde zusammen.

Aber ihre rauhen Seelen überfiel nach und nach eine seltsame Bedrücktheit. Sie schwiegen. Kam das von all dem weißen Schnee, auf den der hohe Mond so starr und bleich guckte? Oder von den mächtigen, gespenstigen Schatten der Bäume? Oder von ihren eigenen Schatten? Oder von der Stille, dieser Stille von mondbeschienenem Schnee, in der nicht einmal eine Eule sich hören und kein Hund nah oder fern bellte?

Dennoch waren sie, Schwärmer und Schweifer der abgelegenen Straßen, der einsamen Ufer und Felder, so leicht nicht einzuschüchtern. Sie hatten viel Wunderbares in ihrem Leben gesehn: Irrlichter, Spuk und sogar leibhaftige Gespenster. Aber nun war es etwas anderes, etwas wie die würgende Angst vor dem Nahen eines großen Glückes.

Es drückte ihnen das Herz zusammen.

Der Bettler sagte mutig: „Ich bin nicht bange!"

„Ich auch nicht", sagten die beiden anderen zu gleicher Zeit mit zitternden Kehlen.

„Es ist Weihnachten heute", tröstete Pitjevogel.

„Und dann wird Gott von neuem geboren", fügte der Hirte kindlichfromm hinzu.

„Ist es wahr, daß die Schafe dann mit dem Kopfe nach Osten stehn?" fragte Schrobberbeeck.

„Ja, und dann singen und fliegen die Bienen."

„Und dann könnt ihr mitten durchs Wasser sehen," bestätigte Pitjevogel, „aber ich hab es niemals getan."

Es war wieder diese Stille, die etwas anderes war als Stille, wie wenn eine fühlbare Seele im Mondenschein zitterte.

„Glaubt ihr, daß Gott nun wieder auf die Welt kommt?" fragte ängstlich der Bettler und dachte dabei an seine Sünden.

„Ja," sagte der Hirt, „aber wo, das weiß niemand ... er kommt nur für e i n e Nacht."

Ihre harten Schatten liefen nun vor ihnen her, und das vermehrte noch ihre Furcht.

Auf einmal merkten sie, daß sie sich verlaufen hatten. Schuld daran war der unendliche Schnee, der die gefrorenen Bäche, die Wege und das ganze Land überdeckt hatte.

Sie blieben stehn und sahen sich um; überall Schnee und Mondenschein und hier und da Bäume, aber kein Hof, so weit man blickte, und auch die wohlbekannte Mühle war nirgends sichtbar.

Sie hatten sich verirrt, und bei dem Mondenlicht sahen sie einer in des anderen Auge die Angst.

„Laßt uns beten," flehte Suskewiet, der Hirt, „dann kann uns nichts Böses begegnen." Der Hirt und der Bettler murmelten ein Ave Maria; Pitjevogel brummte nur so etwas vor sich hin, denn seit der ersten Kommunion hatte er das Beten verlernt.

Sie gingen um ein Gebüsch herum, und da war es, daß Pitjevogel in der Ferne friedliches Abendlicht aus einem Fensterlein strahlen sah. Ohne ein Wort zu sagen, nur froh aufatmend, gingen sie darauf zu.

Und da geschah etwas Wunderbares. Sie sahen und hörten es alle drei, aber keiner wagte davon zu sprechen.

Sie hörten Bienen summen, und unter dem Schnee, da, wo die Gräben waren, schimmerte es so hell, als brennten Lampen darunter.

Und an einer Reihe träumender Weiden stand ein lahmer Kirmeswagen, aus dessen Fenster Kerzenlicht kam.

Pitjevogel ging das Trepplein hinauf und klopfte an die Tür. Ein alter Mann mit einem harten Stoppelbart kam vertrauensvoll herbei und öffnete. Er wunderte sich gar nicht über die tollen Gewänder, den Stern und das schwarze Gesicht.

„Wir kommen, um Euch nach dem Weg zu fragen", stotterte Pitjevogel.

„Der Weg ist hier," sagte der Mann, „kommt nur herein!"

Verwundert über diese Antwort, folgten sie gehorsam, und da sahen sie in der Ecke des kalten, leeren Wagens eine sehr junge Frau sitzen, in blauem Kapuzenmantel, die einem ganz kleinen, eben geborenen Kinde ihre fast leere Brust gab. Ein großer, gelber Hund lag daneben und hatte seinen treuen Kopf auf ihre mageren Knie gelegt.

Ihre Augen träumten voller Trübsal; aber als sie die Männer sah, kam Freundschaft hinein und Zuneigung. Und siehe, auch das Kindlein, noch mit Flaum auf dem Kopfe und mit Augen wie kleine Spalte, lachte ihnen zu, und besonders hatte das schwarze Gesicht des Pitjevogel es ihm angetan.

Schrobberbeck sah den Hirten knien und seinen hohen Hut abnehmen; er kniete auch nieder, nahm seine Prozessionskrone vom Kopf und bereute plötzlich tief seine Sünden, deren er viele auf dem Gewissen hatte, und Tränen kamen in seine entzündeten Augen. Dann bog auch Pitjevogel das Knie.

So saßen sie da, und süße Stimmen umklangen ihre Köpfe, und eine wundersame Seligkeit, größer als alle Lust, erfüllte sie. Und keiner wußte, warum.

Unterdessen versuchte der alte Mann in dem eisernen Herdlein ein Feuer anzumachen. Pitjevogel, der sah, daß es nicht ging, fragte dienstfertig:

„Darf ich Euch helfen?"

„Es nützt doch nichts, es ist nasses Holz", antwortete der Mann.

„Aber habt ihr denn keine Kohlen?"

„Wir haben kein Geld", sagte der Alte betrübt.

„Aber was eßt ihr denn?" fragte der Hirte.

„Wir haben nichts zu essen."

Die Könige schauten verwirrt und voller Mitleid auf den alten Mann und die junge Frau, das Kind und den spindeldürren Hund.

Dann sahen sie sich alle drei untereinander an. Ihre Gedanken waren eins, und siehe, der Strumpf mit dem Geld wurde ausgekehrt in den Schoß der Frau, der Sack mit den Eßsachen wurde geleert und alles, was darin war, auf ein wackliges Tischlein gelegt.

Der Alte griff gierig nach dem Brot und gab der jungen Frau einen rosigen Apfel, den sie, bevor sie hineinbiß, vor den lachenden Augen ihres Kindes drehte.

Wir danken euch," sagte der alte Mann, „Gott wird es euch lohnen!"

Und sie machten sich wieder auf den Weg, den Weg, den sie kannten, wie von selbst in der Richtung auf die „Wassernixe“, doch der Strumpf steckte zusammengerollt in Suskewiets Tasche, und der Sack war leer. Sie hatten keinen Pfennig, kein Krümelchen mehr.

„Wißt ihr eigentlich, warum wir alles diesen armen Menschen gegeben haben?“ fragte Pitjevogel.

„Nein“, sagten die anderen.

„Ich auch nicht“, schloß Pitjevogel.

Bald darauf sagte der Hirt: „Ich glaube, daß ich es weiß! Sollte dieses Kind nicht vielleicht Gott gewesen sein?“

„Was du nicht denkst!“ lachte der Aalfischer; „Gott hat einen weißen Mantel an, mit goldenen Rändern besetzt, und hat einen Bart und hat eine Krone auf, wie in der Kirche.“

„Er ist früher zur Weihnacht doch in einem Stall geboren“, behauptete der Hirt.

„Ja damals!“ sagte Pitjevogel, „doch das ist schon hundert Jahre her und noch viel länger.“

„Aber warum haben wir denn alles weggegeben?“

„Ich zerbreche mir auch den Kopf darüber“, sagte der Bettler, dem der Magen knurrte.

Und schweigend, mit Gaumen, die nach einem tüchtigen Schluck Genever und dick mit Senf bestrichenem Fleisch lechzten, kamen sie an der „Wassernixe“ vorbei, wo Licht brannte und gesungen und Harmonika gespielt wurde.

Pitjevogel gab den Stern dem Hirten wieder, der ihn aufzubewahren pflegte, und ohne noch ein Wort zu sprechen, aber zufrieden in ihrem Herzen, gingen sie am Kreuzweg auseinander, jeder zu seiner Lagerstätte. Der Hirt zu seinen Schafen, der Bettler unter eine Strohmiete, und Pitjevogel in seine Dachkammer, in die der Schnee hineinwehte.

Aus „Das Triptychon von den Heiligen Drei Königen“
Inselbücherei Nr. 362 — Insel Verlag, Frankfurt/M.

LÜTTENWEIHNACHTEN

Von Hans Fallada

„Tüchtig neblig heute", sagte am 20. Dezember der Bauer Gierke ziellos über den Frühstückstisch hin. Es war eigentlich eine ziemlich sinnlose Bemerkung, jeder wußte auch so, daß Nebel war, denn der Leuchtturm von Arkona heulte schon die ganze Nacht mit seinem Nebelhorn wie ein Gespenst, das das Ängsten kriegt.

Wenn der Vater die Bemerkung trotzdem machte, so konnte sie nur eines bedeuten. „Neblig —?" fragte gedehnt sein dreizehnjähriger Sohn Friedrich.

„Verlauf dich bloß nicht auf deinem Schulwege", sagte Gierke und lachte.

Und nun wußte Friedrich genug, und auf seinem Zimmer steckte er schnell die Schulbücher aus dem Ranzen in die Kommode, lief in den Stellmacherschuppen und „borgte" sich eine kleine Axt und eine Handsäge. Dabei überlegte er: Den Franz von Gäbels nehm' ich nicht mit, der kriegt Angst vor dem Rotvoß. Aber Schöns Alwert und die Frieda Benthin. Also los!

Wenn es für die Menschen Weihnachten gibt, so muß es das Fest auch für die Tiere geben. Wenn für uns ein Baum brennt, warum nicht für Pferde und Kühe, die doch das ganze Jahr unsere Gefährten sind? In Baumgarten jedenfalls feiern die Kinder vor dem Weihnachtsfest Lüttenweihnachten für die Tiere, und daß es ein verbotenes Fest ist, von dem der Lehrer Beckmann nichts wissen darf, erhöht seinen Reiz. Nun hat der Lehrer Beckmann nicht nur körperlich einen Buckel, sondern er kann auch sehr bösartig werden, wenn seine Schüler etwas tun, was sie nicht sollen. Darum ist Vaters Wink mit dem nebligen Tag eine Sicherheit, daß das Schulschwänzen heute jedenfalls von ihm nicht allzu tragisch genommen wird.

Schule aber muß geschwänzt werden, denn wo bekommt man einen Weihnachtsbaum her? Den muß man aus dem Staatsforst an der See oben stehlen, das gehört zu Lüttenweihnachten. Und weil man beim Stehlen erwischt werden kann und weil der Förster Rotvoß ein schlimmer Mann ist, darum muß der Tag neblig sein, sonst ist es zu gefährlich. Wie Rotvoß wirklich heißt, das wissen die Kinder nicht, aber er ist der Förster und hat einen fuchsroten Vollbart, darum heißt er Rotvoß.

Von ihm reden sie, als sie alle drei etwas aufgeregt über die Feldraine der See entgegenlaufen. Schöns Alwert weiß von einem Knecht, den hat Rotvoß an einen Baum gebunden und so lange mit der gestohlenen Fichte geschlagen, bis keine Nadeln mehr daran saßen. Und Frieda weiß bestimmt, daß er zwei Mädchen einen ganzen Tag lang im Holzschauer eingesperrt hat, erst als Heiligenabend vorbei war, ließ er sie wieder laufen.

Sicher ist, sie gehen zu einem großen Abenteuer, und daß der Nebel so dick ist, daß man keine drei Meter weit sehen kann, macht alles noch viel geheimnisvoller. Zuerst ist es ja sehr einfach: die Raine auf der Baumgartener Feldmark kennen sie: das ist Rothpracks Winterweizen, und dies ist die Lehmkuhle, aus der Müller Timm sein Vieh sommers tränkt.

Aber sie laufen weiter, immer weiter, sieben Kilometer sind es gut bis an die See, und nun fragt es sich, ob sie sich auch nicht verlaufen im Nebel. Da ist nun dieser Leuchtturm von Arkona, er heult mit seiner Sirene, daß es ein Grausen ist, aber es ist so seltsam, genau kriegt man nicht weg, von wo er heult. Manchmal bleiben sie stehen und lauschen. Sie beraten lange, und wie sie weitergehen, fassen sie sich an den Händen, die Frieda in der Mitte. Das Land ist so seltsam still, wenn sie dicht an einer Weide vorbei-

kommen, verliert sie sich nach oben ganz in Rauch. Es tropft sachte von ihren Ästen, tausend Tropfen sitzen überall, nein, die See kann man noch nicht hören. Vielleicht ist sie ganz glatt, man weiß es nicht, heute ist Windstille.

Plötzlich bellt ein Hund in der Nähe, sie stehen still, und als sie dann zehn Schritte weitergehen, stoßen sie an eine Scheunenwand. Wo sie hingeraten sind, machen sie aus, als sie um eine Ecke spähen. Das ist Nagels Hof, sie erkennen ihn an den bunten Glaskugeln im Garten.

Sie sind zu weit rechts, sie laufen direkt auf den Leuchtturm zu, und dahin dürfen sie nicht, da ist kein Wald, da ist nur die steile, kahle Kreideküste. Sie stehen noch eine

Weile vor dem Haus, auf dem Hof klappert einer mit Eimern, und ein Knecht pfeift im Stall: es ist so heimlich! Kein Mensch kann sie sehen, das große Haus vor ihnen ist ja nur wie ein Schattenriß.

Sie laufen weiter, immer nach links, denn nun müssen sie auch vermeiden, zum alten Schulhaus zu kommen — das wäre so schlimm! Das alte Schulhaus ist gar kein Schulhaus mehr, was soll hier in der Gegend ein Schulhaus, wo keine Menschen leben — nur die paar weit verstreuten Höfe ... Das Schulhaus besteht nur aus 'runtergebrannten Grundmauern, längst verwachsen, verfallen, aber im Sommer blüht hier herrlicher Flieder. Nur, daß ihn keiner pflückt. Denn dies ist ein böser Platz, der letzte Schullehrer hat das Haus abgebrannt und sich aufgehängt. Friedrich Gierke will es nicht wahrhaben, sein Vater hat gesagt, das ist Quatsch, ein Altenteilhaus ist es mal gewesen. Und es ist gar nicht abgebrannt, sondern es hat leergestanden, bis es verfiel. Darüber geraten die Kinder in großen Streit.

Ja, und das nächste, dem sie begegnen, ist gerade dies alte Haus. Mitten in ihrer Streiterei laufen sie gerade darauf zu! Ein Wunder ist es in diesem Nebel. Die Jungens können's nicht lassen, drinnen ein bißchen zu stöbern, sie suchen etwas Verbranntes. Frieda steht abseits auf dem Feldrain und lockt mit ihrer hellen Stimme. Ganz nah, wie schräg über ihnen, heult der Turm, es ist schlimm anzuhören. Es setzt so langsam ein und schwillt und schwillt, und man denkt, der Ton kann gar nicht mehr voller werden, aber er nimmt immer mehr zu, bis das Herz sich ängstigt und der Atem nicht mehr will —: „Man darf nicht so hinhören ..."

Jetzt sind es höchstens noch zwanzig Minuten bis zum Wald. Alwert weiß sogar, was sie hier finden: erst einen Streifen hoher Kiefern, dann Fichten, große und kleine, eine ganze Wildnis, gerade, was sie brauchen, und dann kommen die Dünen, und dann die See. Ja, nun beraten sie, während sie über einen Sturzacker wandern: erst der Baum oder erst die See? Klüger ist es, erst an die See, denn wenn sie mit dem Baum länger umherlaufen, kann sie Rotvoß doch erwischen, trotz des Nebels. Sind sie ohne Baum, kann er ihnen nichts sagen, obwohl er zu fragen fertigbringt, was Friedrich in seinem Ranzen hat. Also erst See, dann Baum.

Plötzlich sind sie im Wald. Erst dachten sie, es sei nur ein Grasstreifen hinter dem Sturzacker, und dann waren sie schon zwischen den Bäumen, und die standen enger und enger. Richtung? Ja, nun hört man *doch* das Meer, es donnert nicht gerade, aber gestern ist Wind gewesen, es wird eine starke Dünung sein, auf die sie zulaufen.

Und nun seht, das ist nun doch der richtige Baum, den sie brauchen, eine Fichte, eben gewachsen, unten breit, ein Ast wie der andere, jedes Ende gesund — und oben so schlank, eine Spitze so hell, in diesem Jahre getrieben. Kein Gedanke, diesen Baum stehenzulassen, so einen finden sie nie wieder. Ach, sie sägen ihn ruchlos ab, sie bekommen ein schönes Lüttenweihnachten, das herrlichste im Dorf, und Posten stellen sie auch nicht aus. Warum soll Rotvoß grade hierherkommen? Der Waldstreifen ist über zwanzig Kilometer lang. Sie binden die Äste schön an den Stamm, und dann essen sie ihr Brot, und dann laden sie den Baum auf, und dann laufen sie weiter zum Meer.

Zum Meer muß man doch, wenn man ein Küstenmensch ist, selbst mit solchem Baum. Anderes Meer haben sie näher am Hof, aber das sind nur Bodden und Wieks. Dies hier ist richtiges Außenmeer, hier kommen die Wellen von weit, weit her, von Finnland oder von Schweden oder auch von Dänemark. Richtige Wellen . . .

Also sie laufen aus dem Wald über die Dünen.

Und nun stehen sie still.

Nein, das ist nicht mehr die Brandung allein, das ist ein seltsamer Laut, ein wehklagendes Schreien, ein endloses Flehen, tausendstimmig. Was ist es? Sie stehen und lauschen.

„Jung, Manning, das sind Gespenster!“

„Das sind die Ertrunkenen, die man nicht begraben hat."

„Kommt, schnell nach Haus!"

Und darüber heult die Nebelsirene.

Seht, es sind kleine Menschentiere, Bauernkinder, voll von Spuk und Aberglauben, zu Hause wird noch besprochen, da wird gehext und blau gefärbt. Aber sie sind kleine Menschen, sie laden ihren Baum wieder auf und waten durch den Dünensand dem klagenden Geschrei entgegen, bis sie auf der letzten Höhe stehen, und —

Und was sie sehen, ist ein Stück Strand, ein Stück Meer. Hier über dem Wasser weht es ein wenig, der Nebel zieht in Fetzen, schließt sich, öffnet den Ausblick. Und sie sehen die Wellen, grüngrau, wie sie umstürzen, weißschäumend draußen auf der äußersten Sandbank, näher tobend, brausend. Und sie sehen den Strand, mit Blöcken besät, und dazwischen lebt es, dazwischen schreit es, dazwischen watschelt es in Scharen . . .

„Die Wildgänse!" sagen die Kinder. „Die Wildgänse —!"

Sie haben nur davon gehört, sie haben es noch nie gesehen, aber nun sehen sie es. Das sind die Gänsescharen, die zum offenen Wasser ziehen, die hier an der Küste Station machen, eine Nacht oder drei, um dann weiterzuziehen, nach Polen oder wer weiß wohin, Vater weiß es auch nicht. Da sind sie, die großen, wilden Vögel, und sie schreien, und das Meer ist da und der Wind und der Nebel, und der Leuchtturm von Arkona heult, und die Kinder stehen da mit ihrem gemausten Tannenbaum und starren und lauschen und trinken es in sich ein —

Und plötzlich sehen sie noch etwas, und magisch verführt, gehen sie dem Wunder näher. Abseits, zwischen den hohen Steinblöcken, da steht ein Baum, eine Fichte wie die ihre, nur viel, viel höher, und sie ist besteckt mit Lichtern, und die Lichter flackern im leichten Windzug . . .

„Lüttenweihnacht", flüstern die Kinder. „Lüttenweihnachten für die Wildgänse . . ."

Immer näher kommen sie, leise gehen sie, auf den Zehen — oh, dieses Wunder! — und um den Felsblock biegen sie. Da ist der Baum vor ihnen in all seiner Pracht, und neben ihm steht ein Mann, die Büchse über der Schulter, ein roter Vollbart ...

„Ihr Schweinekerls!" sagte der Förster, als er die drei mit der Fichte sieht.

Und dann schweigt er. Und auch die Kinder sagen nichts. Sie stehen und starren. Es sind kleine Bauerngesichter, sommersprossig, selbst jetzt im Winter, mit derben Nasen und einem festen Kinn, es sind Augen, die was in sich 'reinsehen. Immerhin, denkt der Förster, haben sie mich auch erwischt beim Lüttenweihnachten. Und der Pastor sagt, es sind Heidentücken. Aber was soll man denn machen, wenn die Gänse so schreien und der Nebel so dick ist, und die Welt so eng und so weit Weihnachten vor der Tür ... Was soll man da machen ...?

Man soll einen Vertrag machen auf ewiges Stillschweigen, und die Kinder wissen ja nun, daß der gefürchtete Rotvoß nicht so schlimm ist, wie sich die Leute erzählen ...

Ja, da stehen sie nun: ein Mann, zwei Jungen, ein Mädel. Die Kerzen flackern am Baum, und ab und zu geht auch eine aus. Die Gänse schreien, und das Meer braust und rauscht. Die Sirene heult. Da stehen sie, es ist eine Art Versöhnungsfest, sogar auf die Tiere erstreckt, es ist Lüttenweihnachten. Man kann es feiern wo man will, am Strande auch, und die Kinder werden es nachher in ihres Vaters Stall noch einmal feiern.

Und schließlich kann man hingehen und danach handeln. Die Kinder sind imstande und bringen es fertig, die Tiere nicht unnötig zu quälen und ein bißchen nett zu ihnen zu sein. Zuzutrauen ist ihnen das.

Das ganze aber heißt Lüttenweihnachten und ist ein verbotenes Fest, der Lehrer Beckmann wird es ihnen morgen schon zeigen!

METTENGANG IM GEBIRGE

Von Richard Gäng

Eine wüste, windige Nacht, eine wirre, großfleckige Schwärze, darin die Bergwände, die tiefziehenden Wolken, das großdachige Nachbarhaus, die krummen Äste der kahlen Obstbäume dunkel in dunkel verflossen, umfing die fünf Menschen, als sie aus der Tür ihres Hofes traten. Märzluft, Vorlenzwärme, Gelöstheit, Aufbruch erfüllte und beunruhigte das Land trotz der Weihnachtstage. Seit drei Tagen schon regnete es, wehte sprunghaft und besinnungsraubend ein Föhn, schmolz die tiefe Schneedecke zusammen. An manchen Stellen war die weiße Flockenmasse wieder verschwunden, und apere Plätze, nackte Erdflecken, glotzten dunkel, fremd und gespenstisch wie gestorbene Menschen, die wieder in die Wirklichkeit treten, ins leere Land. Schauspiel der Elemente. Hinter der großklecksigen Finsternis atmete ein geheimnisvolles Leben. Barg es schon Hoffnung? Neue Gefahr?

Verkehrtes Wetter! Übermenschliche Zeit!

Nichts vermochte die Kirchgänger zu beirren oder abzuhalten. Mit dunklem Schlaf in den Gliedern, aber doch voll heller Zuversicht, schritten sie im Eis und Schnee der Straße schweigend dahin. Jeder achtete nur auf die Pfützen und Eisklumpen, um ihnen auszuweichen, auf die beiden Lichtscheiben der zwei mitgetragenen Laternen, auf diese hellen, hilfreichen Kreise, die zwar flink und wachsam, aber nur unbedeutend und ängstlich wie junge Hunde um ihre Füße huschten, magische Abbilder ihrer von Glauben strahlenden Herzen.

Als sie um eine Bergnase bogen, leuchtete von einem Bühl herab aus dem Lehnwiesenhof heraus die ans Fenster gerückte, silbern getupfte Pyramide eines brennenden Christbaumes. Dieser flammende Wegweiser stand in der winterlichen Beschwernis wie ein festlicher Bote, spendete wie ein himmlischer Herold Trost und Verheißung.

Hier bogen die beiden Gebirgszüge auseinander, bildeten einen Kessel, und die nächtlichen Wanderer verließen die Straße, um auf einem Pfad die große, ebene Wiese und damit das Tal zu überqueren. Auf dieser Matte breitete sich die weiße Schneedecke noch geschlossen aus, und nur etliche dunkle Maulwurfshaufen unterbrachen sie, Tintenspritzern auf weißem Papier gleichend und an ein unterirdisches, geheimnisvolles Leben gemahnend. Leichteren Fußes, hintereinander schritten die Wanderer dahin, sich ein wenig Zeit lassend, denn man gehörte zu den ersten und vordersten. Bald blinkten ihnen vom untern Saum der jenseitigen Bergwand her die beleuchteten Fenster des Dorfes wie goldene Glieder einer funkelnden, langen, unregelmäßigen Kette entgegen. Den größten, hellsten und ziemlich in der Mitte gelegenen Scheiben, der Kirche, pendelten auf der Ebene und hüpften über die Halden herab und aus der Tiefe der Seitentäler und Dobel hervor viele einzelne und in Gruppen gesammelte, nicht minder helle Funken zu, kriechenden und fliegenden Glühwürmchen gleichend; ein bergeweites Abbild der in der Dunkelheit des irdischen Daseins mit Gläubigkeit aufgebrochenen Gebirgsmenschen.

In dieses von unsichtbaren Fäden geleitete Leben erhob nun der Fluß seine einförmige, aber rasch lauter und endlich drohend werdende Urwaldstimme. Jetzt erreichten die Mettengänger die Uferbüsche, schlüpften zwischen ihnen hindurch und sahen die breiten, bis an die Böschung hinauf gestiegenen Fluten vor ihren Füßen dahinrasen. Die idyllische Alb, im Sommer vertümpelt, den Kindern oft ein Spielplatz, war zum wütenden Strom mit rasenden Strudeln, zu einem Naturereignis, lustiges Jungwölflein zur Bestie, eine liebe Gewohnheit zur tödlichen Gefahr geworden.

Und dann dieser Steg! Zwei Reihen paralleler Stangen mit nur ellenlangen Brettern quer übernagelt, behelfsmäßig und geländerlos hergestellt, spannte er sich halsbrecherisch, in der Mitte fast auf den Fluten aufliegend, hinüber zum andern, jetzt im Dunkeln soeben noch erkennbaren Ufer. Seine Zerbrechlichkeit wurde dadurch bestätigt, daß man ihn mit langen Fuhrmannsketten an eine dicke Erle gefesselt hatte, ihn, falls er zerbräche, am Davonschwimmen zu hindern. Dieser Bretterpfad diente nicht als öffentlicher Übergang, ja ein Schild warnte vor seiner Benützung, und die hier in diesem abgelegenen Zinken angesiedelten Hofbesitzer hatten ihn in eigener Verantwortung hergestellt und angebracht, um sich den stundenweiten Umweg über die eiserne Brücke zu sparen. Wenn jetzt der stärkste und erfahrenste Mann der Gruppe, der Bauer, einige Schritte auf ihm wagte, so nur deshalb, weil er von ruhigen Zeiten her wußte, daß der Steg trug.

Seine Frau flehte ihn an, die Gefahr nicht heraufzubeschwören, bat, warnte und nahm die zwei Kinder, die dem Vater schon folgen wollten, die zehnjährige Rike und den etwas älteren Knaben, bei der Hand, sie heftig ermahnend, den Steg nicht zu betreten. Der Vater aber, der in diesem Flecken aufgewachsen, Fische und Frösche gefangen, gebadet und geschwommen, Sand und Kies geschöpft und den Steg schon unter gefährlichen Umständen überschritten hatte, ließ sich nicht überzeugen und setzte den Weg vorsichtig fort, zumal auch der Knecht, der fünfte der Schicksalsgemeinschaft, meinte, wenn man die Schuhe sorgfältig vom Eis und Schnee reinige, könne das Wagnis gelingen. So schlurfte der Mann ins Dunkle dahin, die Lampe weit vor sich über den Steg haltend, um eine Gefahr früh erkennen zu können, während die Mutter in allen Ängsten zu Gott flehte, die Kinder an sich preßte, die aber des Vaters Ruhe und Sicherheit als eine Selbstverständlichkeit hinnahmen.

Ach, der Mann mußte hinüber! Hinter jenen großen, hellen Fenstern wartete nicht nur die festliche Gemeinde, harrten nicht nur die Verwandten, Freunde, Bekannten, das Neugeborene dieser Nacht zu verehren, dorthin drängte das sehnsuchtsvolle Herz, das immer wägt, wagt und nach Wundern ausschaut. Solche Gläubigkeit ist eine Urkraft der Menschheitsgeschichte. Sie wirkt um so ungestümer, je härter sich der Alltag gibt. Und wo findet er sich zermürbender als in einem einsamen, kargen Gebirgsdorf? Hier, in den Ungestalten der Natur, in der Verlassenheit und Stille, ist das Weihnachtsfest, der Tag des größten Wunders, erlebnisträchtiger und reicher an Gnaden als an einem andern Ort der Erde. So glich dieser Steg einer Brücke von der Wirklichkeit in ein Traumland, über Schluchten und Strudel hinweg. Er mußte betreten werden.

Jetzt erkannte der Erkundungsgänger, und die Zurückgebliebenen bemerkten es ebenfalls, daß der Steg in seiner ganzen Länge stromauf- und -abwärts schwankte. Die Gattin rief ihren Mann flehender zurück. Vergeblich! Er war entschlossen. In der Mitte tauchte das Brücklein unter seinem Gewicht so tief ein, daß das Wasser über die Bretter wellte. Der Bauer prüfte noch sorgsam die zweite Hälfte seines Wegleins auf Besonderheiten und kehrte um, als er keine erspähte, den Knecht hinüberzugeleiten.

Vor dem Wagnis ermahnte er ihn, nie aufs Fließende, immer stier geradeaus auf einen Punkt in Augenhöhe am festen Ufer zu blicken. Mit ausgestreckten Armen sich die Hände reichend, jeder in der freien Hand eine Laterne, der Knecht voran, trippelten sie davon.

Die ersten vier Personen kamen, von nassen Füßen und Erregungen, die durch einige Abenteuer verursacht wurden, abgesehen, wohlbehalten hinüber. Oh, diese unerwarteten Gefahren! Als Bauer und Knecht sich in der Mitte des handtief eintauchenden Steges befanden, schoß eine geschälte Tanne, das dicke, wurzelgeweitete Ende voraus, gegen das Brücklein, bog es, hob es, durchbrach es aber nicht, legte sich vielmehr, gleich einem Uhrzeiger auf des Wassers Oberfläche eine Schwenkung von einem Viertelkreis ausführend, dicht an die Stangen und verhielt sich hier, den Brettersteig noch festigend, völlig ruhig. Erst als der Vater sich auf einen neuen Gang mit dem Knaben — er geleitete jeden einzelnen seiner Lieben selbst — auf dem Steg befand, begann der Stamm zu revoltieren, zu drücken, zu hebeln. Die zwei Wagemutigen kamen kaum noch voran. Schließlich preßte sich das gewaltige Holz unter das Brücklein, hob es schief und blieb da liegen. Man konnte nicht mehr weitergehen, man wäre abgerutscht. Der Mann gab die Laterne dem Sohn, kniete nieder, hielt sich mit beiden Händen am schwankenden Boden fest, sich selbst zur Sicherung und dem Knaben Halt und Lehne bietend. Während verzweifelter Minuten hielten die Zuschauer an den Ufern mehr Ängste und Qualen aus als die Gefährdeten. Der Mann nämlich parierte das Schaukeln des Bodens mit dem Verlagern seines Körpergewichtes, gab dabei dem Sohne noch Ermahnungen und ruhige Anweisungen. Plötzlich befreite sich der Stamm ohne merkliche Erschütterungen und schwamm, in die Strömung einschwenkend, davon.

Ein kleineres Abenteuer widerfuhr der zaghafteren Frau. Sie hatte sich, sogar gegen die Warnung ihres Mannes, der ihre Angst kannte, doch für die Überquerung entschieden. Die Gefahr sei, so beredete sie sich, eigentlich jedesmal nur durch einen Zufall entstanden, der geradesogut hätte ausbleiben können. Eine gute, gültige Begründung!

Damit hatte sie den Grund, warum ein Mensch einem drohenden Untergang ins Auge zu sehen vermag, im Tiefern erkannt. Ungezählte Bedrängnisse, Krankheiten und Unglücksfälle mannigfacher und von nicht vorauszusehender Art rauschen täglich mit ihren Schrecken an uns vorbei, murmeln nur verworren an unser Ohr, erschüttern uns aber nicht. Tun sie es doch einmal, so betrachten wir das als einen Zufall, als Ausnahme. Eine gütige Veranlagung bewahrt uns vor einer immerwährenden Bestürzung. Das Leben mit den vielen Drachenmäulern am Wegrand wäre sonst unerträglich. Hinzu kommt, daß sich bei den gefahrgewohnten, naturverbundenen Menschen ein stierer Mut im Augenblick der Entscheidung gewaltig erhebt.

In der Mitte des Steges angekommen, sprang ein Sturm, eine Föhnböe auf, die so wütend in die Kleider des Ehepaares griff, daß es sich aufs engste umklammern, und als sie noch heftiger blies, der Mann der Frau die Laterne übergeben, sich in die überspringenden Gischtkämme niederknien und am Holz festhalten mußte. Mutig und wortlos widerstand die Frau dem Angriff, und so jäh wie die Windflut gekommen war, flaute sie ab.

Eine einmalige, tief erwärmende Freude, daß sie den Gang gewagt, die furchtbaren Gefahren überwunden hatten, erfüllte und beseligte die vier am neuen Ufer. Wie eine liebliche Frühlingslandschaft mit blauem Himmel, Sonne und Blumen breiteten sich ihre Gefühle aus. Mit Grausen sahen sie jetzt in die häßliche Wildflut, dachten sie aber auch an den Tod des Ertrinkens, den sie hätten so leicht finden können, an einen Verzweiflungskampf im eisigen Strom, an das Fortgeschwemmtwerden in die Schluchten des Gebirges, in den Rhein, ins Meer. Waren sie nicht wie durch eine glückliche Fügung diesem schlimmen Schicksal entronnen? Durfte man es noch einmal herausfordern? Wäre man nicht frevelhaft geworden?

Unter solchen Gedanken riefen sie Rike zu, die noch der Abholung harrte, sie möge nach Hause gehen, später, bei hellem Tage, den Weg über die Brücke nehmen und den Hauptgottesdienst besuchen; er sei auch viel feierlicher, und viel mehr Leute nähmen an ihm teil. Das Mädchen fühlte sich um das nächtliche Erlebnis betrogen, von der Gemeinschaft ausgeschlossen, von den liebsten Menschen verlassen, als Schwächling gebrandmarkt, und das tut jungen Menschen so weh, daß sie keiner Vernunft mehr zugänglich sind. Rike bat, rief und flehte, und als alles nichts half, trat sie auf den Steg, den Gang allein zu wagen.

Der Vater brummte zwar böse vor sich hin: „Das ist noch eine!“, meinte aber damit doch wohl eine Tapfere, Mutige, ihm Ebenbürtige, und ging ihr sofort entgegen. Bei dieser Überquerung geschah das Furchtbare.

Die beiden näherten sich der Mitte des Steges, und die Gischtkronen griffen nach ihren Schuhen, als eine starke Woge eine sackgroße, spannendicke Eisscholle auf die Brücke vor ihre Füße hob. Wie der ewige Prügel, den das Schicksal einem zwischen die Beine wirft, manchmal auch just in dem Augenblick schleudert, wenn etwas auf des Messers Schneide steht, lag sie da, unberechnet, unverstehbar, hohnvoll, die Bosheit eines Wassermannes, ein Teufelsprodukt.

Was war nun zu tun? Der Mann leuchtete sie mit der Laterne ab, setzte einen Fuß auf sie, zog ihn aber wie von einer Schlange gebissen zurück, zumal ihn auch von drüben laute Warnrufe erreichten. Dann faßte er einen Plan. Er übergab der Tochter die Laterne mit der erneuten und eindringlichen Warnung, beim Leuchten unter keinen Umständen auf ihn oder die Scholle hernieder, vielmehr unverrückt drüben auf einen festen Punkt zu schauen. Nun ließ er sich auf ein Knie ins Wasser nieder und versuchte seine Kraft an dem Brocken. Bei den gehemmten Bewegungen rutschte das Eis trotz großer Anstrengungen nur um Fingerbreite weiter. Als es aber dann ins Wasser glitt und der Mann erlöst aufseufzte, schaute das Mädchen beglückt auf ihn nieder, ins reißende Wasser, und sofort, wie ein Pfeil so schnell, schoß der Verängsteten der Steg stromaufwärts mit allem, was er trug.

Das Kind schrie gellend, ließ die Laterne fallen und klammerte sich mit beiden Armen an den Vater. Dieser richtete sich auf, so schnell er konnte, drückte das Gesicht der Verängsteten gegen seine Kleider und sprach ihr gut zu. Das Mädchen, klug von Natur und empfindsam, spürte mit seinem Leibe, wie es stromauf flog, brüllte verzweifelt, markdurchdringend. Der Vater drückte es aufs innigste an sich, bestürmte es mit lieben Worten. Vergeblich! Das Kind bedrängte ihn, und er mußte gesammelt darauf Bedacht nehmen, nicht über die elende Unterlage gestoßen zu werden. Dann umhüllte er es mit seinem Mantel, um ihm das Gefühl der Geborgenheit zu verleihen. Aber es befreite seinen Kopf schnell wieder. Es wollte an dem gefahrvollen Ort nicht tatenlos bleiben, vielmehr die Gefahr kennen, ihr ins Auge sehen, ihr begegnen. Und so schaute es bewußt ins Wasser. Da flog tatsächlich der Steg mit Pfeilschnelle in die Nacht, in die endlose, grausige Schwärze hinein. Nun verlor es jeden Glauben, schrie und tobte hemmungslos. Jetzt wußte der Vater, daß nur Gewalt eine Rettung bringen konnte. Zwar flehte er noch eindringlich: „Laß mich los, ich kann sonst nicht gehen. Ich trage dich ganz sicher hinüber! Komm, leg den Arm um meinen Hals!“, aber er umschlang es dabei, um es hochzuheben, und da klammerte es sich nur fester um seine Beine. Als er ihm eine Hand aufbrach und diese von sich weghielt, damit sie nicht wieder zugreife, fühlte das Kind sich völlig verraten, der letzten Stütze beraubt, setzte Gewalt gegen Gewalt, versuchte, die Hand loszureißen und schlug mit der andern gegen den Treulosen. Und als auch die zweite Hand gefangen und umschlossen wurde, trat es mit den Füßen gegen seinen Bändiger. Dieser riß jetzt das Kind hoch. Es strampelte sofort mit beiden Beinen wild wie ein Radler, und er drückte es in seiner ganzen Länge wieder an sich, um diese Störrigkeit zu verhindern. Das Mädchen aber wand seinen geschmeidigen Körper leidenschaftlich hin und her, befreite seine Hand, kratzte und krallte wie eine Katze; ja es biß seinen Beschützer ins Gesicht, immer erbärmlicher schreiend. Es war ein unsinniger, aber bitter ernster Kampf, bei dem sich die Kleine überstark und, was den Vater am meisten gefährdete, unberechenbar gebärdete.

Menschenstrudel auf der Brücke, Wasserstrudel darunter, Gegenstand und Spiegelbild, beide, Mensch und Wasser, einst lieblich und gut, in der Leidenschaft gleich verworren und unauslotbar, beide ein Abbild des Lebens, worin oft jemand gegen eingebildete Fluten und Strömungen kämpft, Frau gegen Mann, Eltern gegen Kinder, Vorgesetzte gegen Untergebene, Liebende gegeneinander, Naturereignisse in der Brust der Menschen.

Schon verlor der Vater die Hoffnung, brach der Angstschweiß aus ihm, überlegte er, wie er in den rasenden Wogen kämpfen und schwimmen, die Tochter retten könne, da stand der Knecht neben ihm. Dieser packte hart die Hände des Kindes, und gemeinsam trugen sie die Überwältigte hinüber.

Als sie alle unter der großen Tanne standen, die Mutter die gerettete Tochter an sich gedrückt, den Schreck in den Gliedern, die Gefahr noch betrachtend und beredend, unfähig, sich vom Ort des Grausens zu lösen, fingen die Glocken der nahen Kirche an zu läuten. Wie sie das dunkle Tal mit eiligen und langen Schwüngen, mit brausenden Akkorden ihrer metallenen Zungen von Berg zu Berg erfüllten, so jubelten nun auch vielstimmig und dankbar die Herzen dieser Menschen zum Himmel. Wie von Flügeln gezogen, eilten sie dahin und genossen tiefer denn je das neu geschenkte Leben. Der Föhn polterte immer noch durch die Luft, und die Wälder rauschten ihre Urweltmelodie. Bald aber leuchteten den Mettengängern die brennenden Kerzen, die strahlenden Christbäume, der Priester im Ornat und die Figuren in ihrem bunten Glanz durch die weitgeöffnete Kirchentüre wie der erschlossene Himmel selbst entgegen. Denn dem, der ans Wunder glaubt, erschließt es sich.

Aus „Der unheimliche Mitspieler“ Erzählungen
Verlag Herder, Freiburg

HEILIGER ABEND BEI BUDDENBROOKS

Von Thomas Mann

Es setzten die Ferien ein, und der Augenblick ging ziemlich glücklich vorüber, da Papa das Zeugnis las, das auch in der Weihnachtszeit notwendig ausgestellt werden mußte ... Schon war der große Saal geheimnisvoll verschlossen, schon waren Marzipan und Braune Kuchen auf den Tisch gekommen, schon war es Weihnacht draußen in der Stadt. Schnee fiel, es kam Frost, und in der scharfen, klaren Luft erklangen durch die Straßen die geläufigen oder wehmütigen Melodien der italienischen Drehorgelmänner, die mit ihren Sammetjacken und schwarzen Schnurrbärten zum Feste herbeigekommen waren. In den Schaufenstern prangten die Weihnachtsausstellungen. Um den hohen gotischen Brunnen auf dem Marktplatze waren die bunten Belustigungen des Weihnachtsmarktes aufgeschlagen. Und wo man ging, atmete man mit dem Duft der zum Kauf gebotenen Tannenbäume das Aroma des Festes ein.

Dann endlich kam der Abend des 23. Dezembers heran und mit ihm die Bescherung im Saale zu Haus, in der Fischergrube, eine Bescherung im engsten Kreise, die nur ein Anfang, eine Eröffnung, ein Vorspiel war, denn den Heiligen Abend hielt die Konsulin fest in Besitz, und zwar für die ganze Familie. —

In schwerer, grau und schwarz gestreifter Seide, mit geröteten Wangen und erhitzten Augen, in einem zarten Duft von Patschuli, empfing die alte Dame die nach und nach eintretenden Gäste, und bei den wortlosen Umarmungen klirrten ihre goldenen Armbänder leise. Sie war in unaussprechlicher stummer und zitternder Erregung an diesem

Abend. „Mein Gott, du fieberst ja, Mutter!“ sagte der Senator, als er mit Gerda und Hanno eintraf ...“ Alles kann doch ganz gemütlich vonstatten gehen.“ Aber sie flüsterte, indem sie alle drei küßte: „Zu Jesu Ehren ... Und dann mein lieber seliger Jean ...“

In der Tat, das weihevolle Programm, das der verstorbene Konsul für die Feierlichkeit festgesetzt hatte, mußte aufrechterhalten werden, und das Gefühl ihrer Verantwortung für den würdigen Verlauf des Abends, der von der Stimmung einer tiefen, ernsten und inbrünstigen Fröhlichkeit erfüllt sein mußte, trieb sie rastlos hin und her — von der Säulenhalle, wo schon die Marien-Chorknaben sich versammelten, in den Eßsaal, wo Rieckchen Severin letzte Hand an den Baum und die Geschenktafel legte, hinaus auf den Korridor, wo scheu und verlegen einige fremde alte Leutchen umherstanden, Hausarme, die ebenfalls an der Bescherung teilnehmen sollten, und wieder ins Landschaftszimmer, wo sie mit einem stummen Seitenblick jedes überflüssige Wort und Geräusch strafte. Es war so still, daß man die Klänge einer entfernten Drehorgel vernahm, die zart und klar wie die einer Spieluhr aus irgendeiner beschneiten Straße den Weg hierher fanden. Denn obgleich nun an zwanzig Menschen im Zimmer saßen und standen, war die Ruhe größer als in einer Kirche.

„Tochter Zion, freue dich!“ sangen die Chorknaben, und sie, die eben noch da draußen so hörbare Allotria getrieben, daß der Senator sich einen Augenblick an die Tür hatte stellen müssen, um ihnen Respekt einzuflößen — sie sangen nun ganz wunderschön. Diese hellen Stimmen, die sich, getragen von den tieferen Organen, rein, jubelnd und lobpreisend aufschwangen, zogen aller Herzen mit sich empor, ließen das Lächeln der alten Jungfern milder werden und machten, daß die alten Leute in sich hineinsahen und ihr Leben überdachten, während die, welche mitten im Leben standen, ein Weilchen ihrer Sorgen vergaßen.

Hanno ließ sein Knie los, das er bislang umschlungen gehalten hatte. Er sah ganz blaß aus, spielte mit den Fransen seines Schemels und scheuerte seine Zunge an einem Zahn, mit halbgeöffnetem Munde und einem Gesichtsausdruck, als fröre ihn. Dann und wann empfand er das Bedürfnis, tief aufzuatmen, denn jetzt, da der Gesang, dieser glockenreine A-capella-Gesang die Luft erfüllte, zog sein Herz sich in einem fast schmerzhaften Glück zusammen. Weihnachten ... Durch die Spalten der hohen, weißlackierten, noch fest geschlossenen Flügeltür drang der Tannenduft und erweckte mit seiner süßen Würze die Vorstellung der Wunder dort drinnen im Saale, die man jedes Jahr aufs neue mit pochenden Pulsen als eine unfaßbare, unirdische Pracht erharrte ... Was würde dort drinnen für ihn sein? Das, was er sich gewünscht hatte, natürlich, denn das bekam man ohne Frage, gesetzt, daß es einem nicht als eine Unmöglichkeit zuvor schon ausgeredet worden war. Das Theater würde ihm gleich in die Augen springen und ihm den Weg zu seinem Platze weisen müssen, das ersehnte Puppentheater, das dem Wunschzettel für Großmama stark unterstrichen zu Häupten gestanden hatte.

Wird sein Puppentheater groß sein? Groß und breit? Wie wird der Vorhang aussehen? Man muß baldmöglichst ein kleines Loch hineinschneiden, denn auch im Vorhang des Stadttheaters war ein Guckloch ... Gleich morgen wird er sich irgendwo einschließen und ganz allein eine Vorstellung geben ... Und schon ließ er seine Figuren im Geiste singen; denn die Musik hatte sich ihm mit dem Theater sofort aufs engste verbunden ...

„Jauchze laut, Jerusalem!“ schlossen die Chorknaben, und die Stimmen, die fugenartig nebeneinander hergegangen waren, fanden sich in der letzten Silbe friedlich und freudig zusammen. Der klare Akkord verhallte, und tiefe Stille legte sich über Säulenhalle und Landschaftszimmer. Die Mitglieder der Familie blickten unter dem Drucke der Pause vor sich nieder. Die Konsulin aber schritt langsam zum Tische und setzte sich inmitten ihrer Angehörigen auf das Sofa, das nun nicht mehr wie in alter Zeit unabhängig und abgesondert vom Tische dastand. Sie rückte die Lampe zurecht und zog die große Bibel heran, deren altersbleiche Goldschnittfläche ungeheuerlich breit war. Dann schob sie die Brille auf die Nase, öffnete die beiden ledernen Spangen, mit denen das kolossale Buch geschlossen war, schlug dort auf, wo das Zeichen lag, daß das dicke, rauhe, gelbliche Papier mit dem übergroßen Druck zum Vorschein kam, nahm einen Schluck Zuckerwasser und begann, das Weihnachtskapitel zu lesen.

Sie las die altvertrauten Worte langsam und mit einfacher, zu Herzen gehender Betonung, mit einer Stimme, die sich klar, bewegt und heiter von der andächtigen Stille abhob. „Und den Menschen ein Wohlgefallen!“ sagte sie. Kaum aber schwieg sie, so erklang in der Säulenhalle dreistimmig das „Stille Nacht, heilige Nacht“, in das die Familie im Landschaftszimmer einstimmte. Man ging ein wenig vorsichtig zu Werke dabei, denn die meisten der Anwesenden waren unmusikalisch, und hie und da vernahm man in dem Ensemble einen tiefen und ganz ungehörigen Ton ... Aber das beeinträchtigte nicht die Wirkung dieses Liedes ... Frau Permaneder sang es mit bebenden Lippen, denn am süßesten und schmerzlichsten rührt es an dessen Herz, der ein bewegtes Leben hinter sich hat und im kurzen Frieden der Feierstunde Rückblick hält ... Madame Kethelsen weinte still und bitterlich, obgleich sie von allem fast nichts vernahm.

Und dann erhob sich die Konsulin. Sie ergriff die Hand ihres Enkels Johann und die ihrer Urenkelin Elisabeth und schritt durch das Zimmer. Die alten Herrschaften schlossen sich an, die jüngeren folgten, in der Säulenhalle gesellten sich die Dienstboten und die Hausarmen hinzu, und während alles einmütig „O Tannenbaum“ anstimmte und Onkel

Christian vorn die Kinder zum Lachen brachte, indem er beim Marschieren die Beine hob wie ein Hampelmann und albernerweise „O Tantebaum“ sang, zog man mit geblendeten Augen und einem Lächeln auf dem Gesicht durch die weitgeöffnete hohe Flügeltür direkt in den Himmel hinein.

Der ganze Saal, erfüllt von dem Dufte angesengter Tannenzweige, leuchtete und glitzerte von unzähligen kleinen Flammen, und das Himmelblau der Tapete mit ihren weißen Götterstatuen ließ den großen Raum noch heller erscheinen. Die Flämmchen der Kerzen, die dort hinten zwischen den dunkelrot verhängten Fenstern den gewaltigen Tannenbaum bedeckten, welcher, geschmückt mit Silberflittern und großen, weißen Lilien, einen schimmernden Engel an seiner Spitze und ein plastisches Krippenarrangement zu seinen Füßen, fast bis zur Decke emporragte, flimmerten in der allgemeinen Lichtflut wie ferne Sterne. Denn auf der weißgedeckten Tafel, die sich lang und breit, mit den Geschenken beladen, von den Fenstern fast bis zur Türe zog, setzte sich eine Reihe kleinerer, mit Konfekt behängter Bäume fort, die ebenfalls von brennenden Wachslichtchen erstrahlten. Und es brannten die Gasarme, die aus den Wänden hervorkamen, und es brannten die dicken Kerzen auf den vergoldeten Kandelabern in allen vier Winkeln. Große Gegenstände, Geschenke, die auf der Tafel nicht Platz hatten, standen nebeneinander auf dem Fußboden. Kleinere Tische, ebenfalls weiß gedeckt, mit Gaben belegt und mit brennenden Bäumchen geschmückt, befanden sich zu den Seiten der beiden Türen: Das waren die Bescherungen der Dienstboten und der Hausarmen.

Singend, geblendet und dem altvertrauten Raume ganz entfremdet umschritt man einmal den Saal, defilierte an der Krippe vorbei, in der ein wächsernes Jesuskind das Kreuzeszeichen zu machen schien, und blieb dann, nachdem man Blick für die einzelnen Gegenstände bekommen hatte, verstummend an seinem Platze stehen.

Hanno war vollständig verwirrt. Bald nach dem Eintritt hatten seine fieberhaft suchenden Augen das Theater erblickt ... ein Theater, das, wie es dort oben auf dem Tische prangte, von so extremer Größe und Breite erschien, wie er es sich vorzustellen niemals erkühnt hatte. Aber sein Platz hatte gewechselt, er befand sich an einer der vorjährigen entgegengesetzten Stelle, und dies bewirkte, daß Hanno in seiner Verblüffung ernstlich daran zweifelte, ob dies fabelhafte Theater für ihn bestimmt sei. Hinzu kam, daß zu den Füßen der Bühne, auf dem Boden, etwas Großes, Fremdes aufgestellt war, etwas, was nicht auf seinem Wunschzettel gestanden hatte, ein Möbel, ein kommodenartiger Gegenstand ... war er für ihn?

Es war ein Harmonium, ein kleines, hübsches Harmonium, braun poliert, mit Metallgriffen an beiden Seiten, bunten Tretbälgen und einem zierlichen Drehsessel. Hanno griff einen Akkord ... ein sanfter Orgelklang löste sich los und ließ die Umstehenden von ihren Geschenken aufblicken ... Hanno umarmte seine Großmutter, die ihn zärtlich an sich preßte und ihn dann verließ, um die Danksagungen der anderen entgegenzunehmen.

Er wandte sich dem Theater zu. Das Harmonium war ein überwältigender Traum, aber er hatte doch fürs erste noch keine Zeit, sich näher damit zu beschäftigen. Es war der Überfluß des Glückes, in dem man, undankbar gegen das einzelne, alles nur flüchtig berührt, um erst einmal das Ganze übersehen zu lernen ... Oh, ein Souffleurkasten war da, ein muschelförmiger Souffleurkasten, hinter dem breit und majestätisch in Rot und Gold der Vorhang emporrollte. Es war wie im Stadttheater und beinahe noch schöner. In Hannos Ohren widerhallte der Jubelchor, das Finale, und er setzte sich vor das Harmonium, um ein Stückchen daraus, das er behalten, zum Erklingen zu bringen ... Aber er stand wieder auf, um das Buch zur Hand zu nehmen, das erwünschte Buch der griechischen Mythologie, das ganz rot gebunden war und eine goldene Pallas Athene auf dem Deckel trug. Er aß von seinem Teller mit Konfekt, Marzipan und Braunen Kuchen, musterte die kleineren Dinge, die Schreibutensilien und Schulhefte, und vergaß einen Augenblick alles übrige über einem Federhalter, an dem sich irgendwo ein winziges Glaskörnchen befand, das man nur vors Auge zu halten brauchte, um wie durch Zauberspiel eine weite Schweizerlandschaft vor sich zu sehen . . .

Aus „Buddenbrooks" — S. Fischer Verlag, Frankfurt/M.

TRÖSTLICHE KINDHEIT

Von Reinhold Schneider

Wunderbares Dunkel dieser Tage! Wenn der Nebel die Fenster umdüstert, die Bäume wie Schatten in ihm stehen und die Sonne unsichtbar bleibt und die Vögel draußen sich nur noch ganz leise melden wie aus einem anderen Reich — dann muß es doch gelingen, an den entsetzlichsten Schmerzen, den furchtbarsten Bildern vorüber einen Weg in die Kindheit zu finden. Die Erinnerung soll keine Flucht sein, kein Untergehen in der Trauer um Unwiederbringliches; aber wir bedürfen des Besten und Reinsten aus unserem Leben, wenn wir der Zeit nicht erliegen sollen. Wir müssen in die Tiefe der Vergangenheit hinab, wo wir einmal reines Wasser schöpfen durften; es wird uns wieder erquicken. Wahrscheinlich ist die Zeit der Kindheit in Wahrheit das nicht gewesen, als was sie uns heute erscheint; aber etwas ist unbezweifelbar geblieben als das Licht vom Lichte, der Strahl aus einer anderen Welt: es ist das Licht des Weihnachtstages; könnten wir es wieder empfangen, so würden wir auch erfahren, daß es dieselbe Kraft hat wie einst, daß es auch das Grauen dieser Jahre besiegen kann, wenn es nur in uns zu leben beginnt, vielleicht als das Beste, was uns in Menschen begegnet ist.

Um diese Zeit wurden alle Räume des Hauses wunderbarer, namentlich die vielen unbewohnten, die mit lange nicht mehr benutzten Möbeln und Bildern angefüllt waren, und vor allem ein großer, völlig fensterloser Raum in der Mitte des Erdgeschosses. Es war, als webte sich in diesen Gelassen, ihrem Dunkel und ihrer Stille das Geheimnis, das langsam das ganze Haus durchdringen sollte. Draußen, in dem bereiften Garten, trug der Gärtner, ein kleiner, emsiger Mann, die edelsten Tannenzweige zusammen; vom Lande kamen die Frauen und Kinder; drei- oder viermal des Tages stieg der Briefträger in unsäglicher Geduld durch den Garten herauf. Jetzt kamen auch die leichten, aus Bambus gefertigten Körbe aus Nizza oder anderen südlichen Städten. Ein Wolke reinen, fremden Blumenduftes entwallte ihnen, wenn sie geöffnet wurden, und noch immer sehe ich die Mimosenbüschel im Vorfenster stehen. Die Sonne fiel durch die Eisblumen auf den Scheiben, daß sie blühten und tauten und vergingen, noch flüchtiger als die strahlenden Gewächse des Südens. Oder der Schnee sank über Nacht auf den Garten und beugte und breitete die dunklen Nadelbäume zu den wunderlichsten Formen auseinander. Wir wußten, daß Schnee gefallen war, noch ehe wir die Fenster öffneten, denn der Gärtner klopfte das Bahnholz an der Haustreppe ab; die Glocken klangen ferner, und bald bewegte sich auch das Klingeln des mit zwei Pferden bespannten Schneepflugs die Straße herauf. Jetzt waren Garten und Haus noch mehr auf sich selbst verwiesen; wir suchten im unberührten Schnee und meinten, bedeutungsvolle Spuren finden zu müssen. Litten wir es vor Ungeduld nicht im Hause, so flüchteten wir in den Pferdestall im Erdgeschoß des Gärtnerhauses. Dort pflegte der Gärtner empfindliche Pflanzen für den Winter zu verwahren; der „Kanonenofen" glühte; wir warfen uns in die Krippen aufs Heu und verzehrten die Gaben des heiligen Nikolaus, umschmeichelt von der feuchten Wärme der atmenden Pflanzen, vom Zauber des kleinen, aus mächtigen grünen Kübeln aufgesprossenen Palmenhains, während die Flocken die Fenster verhüllten und die Eintretenden sich den dicken Schnee von den Schuhen klopften. Dort, am Gärtnerhause, stand die Silberpappel, von der nachts der Uhu rief; ich hatte ihn nie gesehen, nur immer schauernd im Bett gehört und stellte ihn mir als einen majestätischen Vogel vor mit mächtig glühenden Augen.

Die Mutter fehlte an den Nachmittagen und auch an den Abenden und blieb schließlich fast den ganzen Tag in dem verschlossenen Eckzimmer. Der Vater hielt auch jetzt an seinem sorgsamen Tagesplan fest. Nur am späten Abend, wenn er von der Stadt zurückkam, wurde er für eine weihnachtliche Überraschung in Anspruch genommen, die ihm freilich nie glücken wollte; er sollte, während er an unsere Betten trat, irgendein Vorgeschenk des Christkindes, ein Zuckerhäuschen oder einen Engel, ins Zimmer schmuggeln. Er tat es umständlich. Es war ihm nicht gegeben, irgend etwas zu verbergen oder heimlich zu tun. Aber sobald er das Zimmer verlassen hatte, bemächtigten wir uns der Überraschung und nahmen sie für ein Wunder. In dieser Zeit des Wartens und der Vorbereitung, da die Hausordnung doch ein wenig in Gefahr kam, übernahmen die alten treuen Anverwandten ein wichtiges Amt; mit unendlicher Geduld ertrug eine alte Tante unser Ungestüm, schälte sie Äpfel und Nüsse mit uns oder sie half uns den Baumschmuck bereiten für ein Bäumchen, das wir selber schmücken und in unser eigenes Zimmer stellen durften.

Am Weihnachtsabend gingen wir alle mit dem Vater in die evangelische Kirche; der Weg durch den Garten hinab — auf dem wir hinter uns die noch unberührten Herrlichkeiten bereit wußten — und dann der Heimweg dem schweigenden dunklen Hause entgegen wurden in beseligter Ungeduld bestanden. Dann warteten wir jenseits des Vorraums, bis die hohe Tür des Eckzimmers sich auftat und der Vater in ihr stand im feierlichen schwarzen Anzuge und hinter ihm die von der Mutter gebaute oder vielmehr gedichtete Krippe aufstrahlte im Schimmer ihrer Lampen und des noch nicht sichtbaren Weihnachtsbaumes. Und dieser Anblick des Vaters ist eigentlich das Unvergängliche des Festes gewesen für die ganze Lebenszeit; denn in diesem

Augenblick war er ganz von Liebe umleuchtet wie niemals in seinem Leben. Etwas Ernstes muß ihn bewegt haben. Aber er sprach nicht von heiligen Dingen. Und doch stand er in einem Glanze, den Menschen nicht auf die Erde gebracht haben.

Und vielleicht ist dies sein Bild, das am Weihnachtsabend aufstrahlte, sein eigentliches Wort an mich, das mich über die vielen Jahrzehnte erreicht. Haus und Garten sind verloren —, oft träume ich mich zurück, daß ich noch einmal als Knabe die Treppe hinaufschritte, ein Gast aus einem fremden, völlig untergegangenen Reich —; die Menschen, die das Haus betreut haben, sind entschwunden, und die Formen alle, auf denen unser Leben sicher zu ruhen schien, sind zerfallen; nur die Wälder stehen über der Heimat wie zuvor, und viele der Bäume im Garten könnte ich noch als Bekannte grüßen. Näher aber als alles Glück der Kindheit, dessen Fülle mich immer beschämen wird als einen Undankbaren, bleibt mir der Vater, dessen fürsorgliche Güte sich wortlos aussagte zwischen den geöffneten Türen, nun, da wir ihnen zuschritten mit den Verwandten und den Menschen allen aus dem Hause, während die Mutter sichtbar wurde neben dem Weihnachtsbaum. Mein Vater hatte nur dieses Wort seines Wesens: einzuladen in die Freude, die seine treue Arbeit bereitet, die er als redlicher Verwalter errungen hatte.

Und dieses Wort möchte ich mitnehmen und immer weitertragen heute und morgen, war es doch in Wahrheit nicht gebunden an das Gefüge einer sinkenden Ära; es ging aus einem großen Ernste hervor und wagte nur einmal im Jahre die Liebe unmittelbar, die Gott in diese furchtbare Welt getragen hat. Daß uns einmal ein ganz reines Bild des Göttlichen im Menschen geschenkt werde, ist alles: es geschieht sooft unter Umständen, die wie Träume sind. Ward es uns aber geschenkt, so müssen wir es festhalten; wir sind ihm verpflichtet und haben kein Recht mehr, zu glauben, daß der Mensch verloren sei — selbst wenn das Weihnachtszimmer der Kindheit uns so weit entrückt wäre vom Grauen der Erde, daß es mit dem Einladenden uns heute erschiene wie die Schwelle des ewigen Lebens.

Aus „Gedanken des Friedens“, Verlag Herder, Freiburg

NACHWORT

Das seelenvollste Fest im Laufe des Jahres ist für uns Deutsche die Geburt des Herrn, das heilige Geschehnis von Bethlehem. Wie andächtig und gläubig feiern wir, jung und alt, arm und reich, diesen hohen Tag zuhause in der Familie oder auswärts in einer Gemeinschaft! Wir beten und singen, opfern und schenken, schmücken die Stube, den Baum. Die geweihte Nacht ist eine Neugeburt der Herzen, eine Symphonie des innern Reichtums all denen, die guten Willens sind, bonae voluntatis.

Die Kinder aber sind es ganz besonders, die in dieses Fest des Wunders und des Friedens einstimmen und sich von ihm tragen lassen. Sie lieben und glauben inniger als die Erwachsenen. Weihnachten, das Fest der Vermählung des Himmels mit der Erde, der Ewigkeit mit dem Zeitlichen und des Herzens mit der Natur, fühlt das Kind am tiefsten. Das Kind, dessen Wesen Licht, Zauber und Erwartung ist, hat Weihnachten zu seinem Fest gemacht. Wir begegnen diesem sehnsuchtsvollen Kinde in den vorliegenden Geschichten unter den Namen Hanno, Rike, Peter, Thomas, Reinhold usw.

Damit die Jugend dieses seelische Erlebnis auch außerhalb der Familie und Kirche im eigenen Innern allseitig und geläutert empfinde, wurden für sie die gültig geformten und gestalteten Gedanken aus einem weiten Schrifttum ausgewählt. Nur die passendsten Schöpfungen, die handlungsreich, spannend, leichtfaßlich, immer aber tiefgründig geschrieben sind, wurden in diese Sammlung aufgenommen. Manche Verfasser tragen einen weltberühmten Namen.

Diese Erzählungen, bei denen das Heitere und das Wunderbare nicht fehlen durften, wollen keineswegs in irgendeine Feier eingreifen, wenngleich sie sich zum Vorlesen eignen, sie wollen vielmehr vertiefen und durchstrahlen, dem jungen Menschen zur Bereicherung.

BIOGRAPHIE

Karl Heinrich Waggerl wurde 1897 in Badgastein geboren; er lebt in Wagrain bei Salzburg. Er schrieb Erzählungen und Romane, von denen „Brot“ (1930) und „Das Jahr des Herrn“ (1933) ganz besonders verbreitet wurden; der zuletzt genannte Roman wurde auch verfilmt. Ferner verfaßte er viele kleinere Erzählungen, Kalendergeschichten, zu denen auch der Band „Und es begab sich“ (1953) gezählt werden kann. Zu den entzückendsten Überraschungen gehören diese Weihnachtserzählungen; sie stecken voll Zartheit und feinem Humor. Waggerl ist auch ein Meister in der Kleinmalerei des ländlichen Lebens seiner Bergheimat.

Hans Christian Andersen, der Sohn eines Schuhmachers, wurde 1805 in Odense, Dänemark, geboren; er starb 1875 in Kopenhagen. Seine Märchen, von denen sich viele über die ganze Erde verbreitet haben, z. B. „Die chinesische Nachtigall“, sind keine Volksmärchen wie etwa die Sammlung der Brüder Grimm, sie sind Kunstmärchen. Sie geben, einfallsreich um einen ernsten Kern, um eine menschliche Erkenntnis in kindlicher, volkstümlicher Weise gestaltet, Lebensweisheiten.

Peter Rosegger kam 1843 in Alpl (Steiermark, Österreich) in kleinbäuerlichen Verhältnissen zur Welt. Er erlernte das Schneiderhandwerk und arbeitete zunächst auf diesem Beruf in der Heimat. Er sammelte dabei tiefe Einblicke in Mensch und Volk; er nannte diese Zeit später seine „hohe Schule“. Uneigennützige Menschen ermöglichten ihm im 22. Lebensjahr eine Weiterbildung in Graz. Er verfaßte zuerst Gedichte in seiner Steirer Mundart, die er sehr liebte; später übernahm er viele ihrer seelenvollen Wörter in die Hochsprache, um diese zu bereichern. Auf Reisen bildete er sich aus eigenem, leidenschaftlichem Antrieb weiter und wurde schließlich ein großer, volkstümlicher, gemüt- und geistvoller Erzähler. Er starb 1918 in Krieglach.

Ruth Schaumann, Dichterin, Bildhauerin und Graphikerin, kam 1899 in Hamburg zur Welt; sie lebt seit 1917 in München. Sie war mit Fr. Fuchs (gest. 1948), der von 1920 bis 35 die Zeitschrift „Hochland“ leitete, verheiratet. Sie schrieb einige Bände fein empfundener Lyrik, ferner einige Bildbände mit Versen, darunter „Der Weihnachtsstern“ und mehrere Romane, „Amei“ (1932), „Die Taube“ (1955) usw. Die Dichterin lebt tief in der christlichen Gedankenwelt und hat diese vielfach und unermüdlich mit klarem Stil und dramatischem Können gestaltet.

Felix Timmermans, der flämische Dichter und Maler, geboren 1886 in Lier, Belgien, („dort wo die drei Nethen ihren gewundenen Lauf zu einem silbernen Knoten vereinen“, „Selbstbildnis“) läßt seine Geschichten, Erzählungen und Romane, von denen „Pallieter“ (1916) in Deutschland am bekanntesten wurde, vorwiegend in seiner Heimat spielen. Selbst die christlichen Legenden, „Das Jesuskind in Flandern“ (1918) und die menschlich ergreifende Geschichte von den heiligen drei Königen (1923), spielen in seinem geliebten Flamenland. Zu dieser Übertragung des Schauplatzes wurde er von dem großen Maler Pieter Bruegel, dem Älteren, angeregt, dessen überwältigende, in Flandern angesiedelte biblische Szenen er schon als Knabe in Antwerpen bewundert hatte. Die Gestalten, die bei Timmermans auftreten, kleinstädtische, dörfliche, gelegentlich schrullige Menschen, zeichnen sich durch Urwüchsigkeit, Herbheit und Derbheit, durch Humor und randvolle Lebensbejahung aus. Oft ruht aber auf dem Grunde ihres Wesens ein christlich-frommes, kindliches, aufopferungsvolles Gemüt. Mystisches und sinnliches Leben, diese beiden Gefühlspole, erkannt und herausgestellt zu haben, war Timmermans dichterischer Auftrag. Dabei verwendete er eine reiche, farbenprächtige Sprache. Er findet Wörter und Bilder voll Treffsicherheit, Größe und Glanz, die ein alltägliches Geschehen zu einem Erlebnis, die einfachen Felder Brabants zu einer festlichen Landschaft machen. Als er 1947 in Lier starb, war er ein in der Welt hochgeachteter Volkserzähler.

Hans Fallada, mit bürgerlichem Namen Rudolf Ditzen, wurde 1893 als Sohn eines der höchsten deutschen Richter in Greifswald geboren. Noch sehr jung erlernte er die Landwirtschaft und erfuhr die Härte des Daseins auf dieser Erde. Er lebte in bitterer Armut und Verkennung und rang und kämpfte um die Fragen der Menschheit und schrieb. Er schilderte mit einer wahren Erzählerwut drastisch und leidenschaftlich die Not der „Kleinen Leute", aber auch die Schwere des Lebens der Verkannten und Gestrauchelten. Weithin bekannt wurden seine Romane „Bauern, Bonzen und Bomben" (1929), „Kleiner Mann, was nun?" und „Wer einmal aus dem Blechnapf frißt" (1934) u. a. Seine Schöpfungen geben ein aufschlußreiches, treffsicheres Bild seiner Zeit. Er starb 1947 in Berlin.

Richard Gäng, 1899 als Bauernsohn im Schwarzwald geboren, in Freiburg i. Br. wohnend und im höheren Schuldienst Südbadens tätig, kam über Erzählungen und Gedichte zu den ihm besonders liegenden Kurzformen der Prosa. Bekannt wurden 2 Novellen „Rosina" (Scheffelpreis 1952) und „Die Heimfahrt des Andreas Kumlin" (Inselbücherei). Er schrieb ferner 2 Mundartgedichtbände, von denen der zuletzt erschienene ein Nachwort von Reinhold Schneider enthält, in dem er Gäng dem alemannischen Novellisten Jeremias Gotthelf zur Seite stellt. Auch übertrug er die alemannischen Gedichte von Johann P. Hebel ins Hochdeutsche, die viel Anklang fanden. Gäng dichtet aus der Heimat heraus, deren Menschen und Rätsel er ins Zeitlose hebt.

Thomas Mann, geboren 1875 in Lübeck als Sohn eines Getreidehändlers und Senators. Er lebte von 1893—1933 in München, erhielt 1929 den Nobelpreis, verließ Deutschland, wurde Professor an der Universität New Jersey (USA), 1944 amerikanischer Staatsbürger, kehrte 1952 nach Europa zurück und lebte bis zu seinem Tode 1955 in Zürich. Er schrieb viele Romane und Novellen. Besonders berühmt wurde „Die Buddenbrooks" (2 Bde. 1901), darin er den Auf- und Abstieg einer reichen Lübecker Handelsfamilie schildert. Thomas Mann ist der bedeutendste Romanschriftsteller unserer Zeit.

Reinhold Schneider wurde 1903 in Baden-Baden geboren als Sohn des Besitzers eines Hotels, darin die höchsten Fürsten verkehrten. Nach Reisen durch fast ganz Europa ließ er sich in Berlin und später in Freiburg i. Br. nieder und wurde Essayist, Historiker, Schriftsteller und Dichter. Er schrieb Gedichte, Betrachtungen, Novellen, Romane, Dramen und Ländermonographien. Er setzte sich mit den Fragen Schicksal, Gnade, Macht und Tragik auseinander. 1956 erhielt er den Friedenspreis des deutschen Buchhandels und starb 1957 an den Folgen eines Sturzes. Er gehört zu den größten Deutschen der Mitte unseres Jahrhunderts.

ERLÄUTERUNGEN

Zu Peter Rosegger: In der Christnacht

Kienscheiten: Scheiter der Föhre oder Kiefer; besonders reich an Kien, Harz. Aus Kien und Föhre entstand Kiefer, ahd. kienforha. Aus Kienscheitern schnitzte man daumendicke, ellenlange Späne, die als Leuchtspäne und Fackeln dienten.

Rorate: lat. = tauet (Himmel den Gerechten), 4. Adventssonntag nach dem Meßeingang benannt; vielerorts beliebter Adventsfrühgottesdienst.

Waberl: Weiberl, Weib; Mooswaberl = Moosweib.

Jöppel: kleine Joppe, Jacke.

Blößen: kahle oder spärliche bewachsene Flächen.

Tedeum: Te Deum laudamus (lat.: Dich, Gott, loben wir), Anfangsworte des sog. Ambrosianischen Lobgesanges, festlicher Schluß- und Dankeshymnus.

Hochamt, Hochgottesdienst: besonders festliche Messe an kirchlichen Feiertagen.

Zu Hans Fallada: Lüttenweihnachten

lütt (plattd.): klein, verwandt mit lützel und engl. little; Klein-Weihnachten.

Arkona: an der Nordspitze der Insel Rügen, der Absturz der 46 m hohen Kreideklippen; in der Nähe der Leuchtturm.

Voß (plattd.): Fuchs.

Kuhle: Kule, Vertiefung, Loch, Grube.

Holzschauer: der; Holzscheuer, mhd. schûr, mlat. scûra.

Bodden: Name von Strandseen und Buchten.

Wiek: das; flache Buchten an der Ostseeküste, z. B. Putziger Wiek. Das Wort ist verwandt mit niederl. wieke, wiek, mit frühnhd. wiech, weiche, wicht und bedeutet ursprüngl. Docht, Lunte, Meißel, Zopf.

Manning: Männchen.

Anger: Grasland.

Zu Richard Gäng: Mettengang im Gebirge

Föhn: der; (von lat.: favonius = lauer Westwind); der warme Fallwind in den Alpen, der oft böig vom Gebirgsgrat in die Täler und in das Vorland stürzt.

Alb: die; Flüßlein, das vom Feldberg im südlichen Schwarzwald zum Hochrhein fließt.

Zu Thomas Mann: Der Heilige Abend bei Buddenbrooks

Aroma: Duft, Wohlgeruch.

Konsul: Amtsbezeichnung des beglaubigten Auslandsvertreters eines Staates; hier Ratsherr der Stadt Lübeck.

Senator: Mitglied des Senates, d. h. der Regierung einer Hansastadt, hier von Lübeck; auch Ehrentitel.

Pátschuli: das; ätherisches, wohlduftendes Öl, kosmetisches Öl; Parfüm.

Gerda: die Frau des Senators.

Hanno: ihr zarter, künstlerisch veranlagter Sohn. Im Roman der letzte Sproß der Buddenbrook.

Jean: der Konsul, der Vater des Senators.

Marien-Chorknaben: die jungen Sänger der Marienkirche in Lübeck, (schöne, frühgotische Kirche).

Tochter Zion: (Jerusalem), Anfangsworte eines Weihnachtsliedes von G. F. Händel.

A-capella-Gesang: Chorlied ohne Begleitung.

fugenartig: in der Musik liegt eine Fuge vor, wenn bei einem mehrstimmigen Satz dasselbe Thema von verschiedenen Stimmen nacheinander aufgenommen und weitergeführt wird.

Ensemble: das; eine Künstlergruppe; hier der Gesang der Chorknaben mit den Feiernden.

plastisches Krippenarrangement: die Gruppierung von kleinen Figuren um die Krippe.

Kandelaber: (lat.) schwerer Leuchter oder Laternenständer.

defilieren: in feierlichem Zuge vorbeimarschieren; z. B. von Truppen an einem hohen Vorgesetzten.

Finale: (it.) das; volltönender Schluß eines Musikstückes.

Mythologie: (gr.) Sagenkunde, Götterlehre; hier: „Die schönsten Sagen des klassischen Altertums“ von Gustav Schwab.

Pallas Athene: die am meisten verehrte Gottheit der Griechen; hilfreich, kriegerisch, jungfräulich, klug. Patronin der Stadt Athen.

Schreibutensilien: Geräte zum Schreiben.

Zu Reinhold Schneider: Tröstliche Kindheit

Mimose: gelbe, im Winter und Vorfrühling aus Italien eingeführte Schnittblume, gehört zur Familie der Akazien, Acacia dealbata. (In der Biologie versteht man unter Mimose die „Sinnpflanze". Ihre doppelt gefiederten Blätter klappen bei der geringsten Berührung nach unten zusammen.)

Bahnholz: Schneeschaufel.

Ära: Zeitrechnung, größerer Zeitraum.

VERZEICHNIS DER HOLZSCHNITTE

Weitere Werke von Richard Gäng

Im Hotzewald

alemannische Gedichte

Verlag H. Zimmermann, Waldshut

De Sunntigmorge

neue alemannische Gedichte

Verlag M. Schauenburg, Lahr

Rosina

Novelle

Verlag C. F. Müller, Karlsruhe

Die Heimfahrt des Andreas Kumlin

Novelle

Inselbücherei, Insel - Verlag, Frankfurt a. M.

Johann Peter Hebel

alem. Gedichte mit hochdeutschen Übertragungen

Verlag Phil. Reclam jr., Stuttgart

Der unheimliche Mitspieler

Erzählungen

Verlag Herder, Freiburg i. Br.